엄마!
우리 꼭 부자로 살자

엄마! 우리 꼭 부자로 살자

발행일	2024년 8월 12일

지은이	김정자		
그린이	조보람		
펴낸이	손형국		
펴낸곳	(주)북랩		
편집인	선일영	편집	김은수, 배진용, 김현아, 김부경, 김다빈
디자인	이현수, 김민하, 임진형, 안유경	제작	박기성, 구성우, 이창영, 배상진
마케팅	김회란, 박진관		
출판등록	2004. 12. 1(제2012-000051호)		
주소	서울특별시 금천구 가산디지털 1로 168, 우림라이온스밸리 B동 B111호, B113~115호		
홈페이지	www.book.co.kr		
전화번호	(02)2026-5777	팩스	(02)3159-9637

ISBN	979-11-7224-185-8　03810 (종이책)	979-11-7224-186-5　05810 (전자책)	

(주)북랩 성공출판의 파트너

북랩 홈페이지와 패밀리 사이트에서 다양한 출판 솔루션을 만나 보세요!

홈페이지 book.co.kr　•　**블로그** blog.naver.com/essaybook　•　**출판문의** book@book.co.kr

작가 연락처 문의 ▶ ask.book.co.kr

작가 연락처는 개인정보이므로 북랩에서 알려드릴 수 없습니다.

전쟁의 시련을 딛고
사랑과 용기로
삶의 의미를 찾아가는
감동 스토리

엄마!
우리 꼭 부자로 살자

글 김정자 · 그림 조보람

북랩

이 책은 해방과 1950년 한국 전쟁으로부터 현재에 이르는 시대를 살고 있는 한국인의 이야기입니다. 해방 이후 평안도 출신의 어느 부부가 월남하여 의정부에 정착하며 5남매를 두며 화목한 가정을 이루었습니다. 이 평범한 가정에서 티 없이 밝게 자라던 딸이 이 책의 저자 김정자입니다.

6월의 어느 무더운 여름날, 피난길에 오른 9살 아이의 눈으로 6.25의 참상이 생생히 묘사되어 마치 우리도 그 길을 걷고 있는 듯이 몰입됩니다. 피난길 첫날 밤에 엄마를 잃어버리고 고아원으로 가는 힘든 여정 속에서 11살 작은오빠와의 형제애는 코끝을 찡하게 합니다. 진한 형제애는 삶의 고비고비를 넘으며 평생으로 이어져 80세 이후까지 이어집니다. 저자와 작은오빠는 전쟁 70년이 지난 2020년 6월, 코로나19가 기승을 부리던 어느 날, 피난 중 고난의 길이었던 의정부에서 남산까지 총 24km를 걸으며 어린 시절의 용기와 결단력을 회상합니다. 이러한 과정은 이날 함께 동행하였던 아들과 손자뿐 아니라 우리 독자에게도 가족의 소중함과 물질의 풍요로움 속에서 지켜 가야 할 중요한 가치를 일깨워 주고 있습니다.

저자 김정자의 강인함과 총명함은 여장부 기질의 어머니와 근면하신 아버지로부터 물려받은 듯합니다. 성실한 노력으로 어릴 적 꿈을 쫓아 서울사범학교에 합격하였고, 20살에 선생님이 되어 교육의 현장에서 전쟁 후 격동기 한국의 아이들을 반듯하게 키워 냈습니다. 저자의 현명한 용기는 이어져 친정의 반대에도 불구하고 저자가 말하는 평생의 반려자 '그이'와 결혼하였습니다. 책 속에 그이를 소개한 오 선생님은 그이의 누나이며, 저의 어머니입니다. 저의 어머니는 생전에 외숙모(저자 김정자)를 유난히 아끼셨습니다. 두 분은 강한 정신력으로 어려운 시대를 살아 낸 동지애를 서로 나누고 계신 것 같았습니다.

월남한 가난한 소녀는 경제 고도 성장기를 겪는 시기 가정을 이루었고, 시댁 6남매의 맏며느리로서 파란만장한 재미있는 많은 가족사를 겪었고, 가족과 사회의 리더로서 우리를 지켜 내고 있습니다. 한국의 격동기 한가운데서 80년 이상의 삶을 반추하며 "세월이 흐르면서 명문대나 돈도 좋지만 건강이나 현명함, 올바른 삶의 태도가 더 중요한 것이 아닌가 하는 생각이 든다"는 저자의 지혜를 물질 중심 시대에게 전하고 있습니다.

이 책은 단순한 역사적 기록을 넘어 힘든 시기를 개인과 사회가 함께 이겨 낸 우리 한국인의 저력을 상기시키고, 다음 세대에게는 그 강인함과 지켜 가야 할 가치를 일깨우고 있습니다. 남매가 걸었던 7, 8월의 무더운 어느 날, 남산초등학교에서 의정부까지 걸어 보며 이 책의 의미를 직접 체험해 보는 것은 어떨까요?

2024. 6. 16
숙명여자대학교 약학대학 교수
송윤선

해방과 6.25 전쟁, 그리고 나라 자체가 빈곤했던 시절에 고생을 하지 않은 사람은 아마도 우리나라 국민들 중에는 거의 없을 것입니다. 하지만 우리 가족은 해방 이후에 월남한 이북 사람들이고, 저와 작은오빠는 6.25 전쟁 피난길을 떠난 첫날 밤에 엄마를 잃어버려 전쟁 통에 수차례 죽을 고비를 넘겼다는 점에서 조금 더 특별한 경험과 고생을 한 셈입니다. 저의 경험이 나름 재미있는 얘기라고 생각해서 결혼을 하고 삼 형제를 낳아 키우며 어린아이들을 재울 때, 엄마가 전쟁 통에 고생했던 얘기를 옛날이야기처럼 들려주거나 또 매년 6월 25일 즈음에는 전쟁을 직접 겪은 얘기를 들려주곤 했습니다.

그런데 어느 날부터 둘째 아들이 엄마의 이야기를 책으로 출간해야 한다고 조르기 시작했습니다. 학도병으로 전쟁에 참전해서 인민군 포로가 되었다가 생환한 경험을 자서전으로 엮은 『돌아온 패자』라는 책을 언급하며 책이 팔리든 팔리지 않든 거대한 역사적인 비극과 난관을 헤쳐 나가는 민초(民草)의 이야기를 기록으로 남기는 것은 큰 가치가 있으니 엄마의 이야기도 꼭 책으로 후세에 전달해야 한다고 이야기했습니다.

'역사의 기록'이라는 단어는 평범한 가정주부이자 이미 할머니가 된 저에게는 너무 거창하다는 생각이 들었지만, 최소한 우리 손자와 손녀들이 친할머니의 체험을 정리한 기록을 보면 앞으로 살아가면서 겪을 어려움을 헤쳐 나가는 용기와 지혜를 얻는 데 도움이 될 것 같다는 소박한 바람으로 조금씩 원고를 써 나가기 시작했습니다.

어느 날은 글을 쓰다 보면 어느새 날이 훤히 밝아 밤을 꼬박 새우기도 하고, 어느 날은 9살 어린 소녀가 의정부 불바다 속을 뛰어다니다가 불타는 집 마루 밑바닥에 들어가 잠이 들려고 하는 나를 11살인 작은오빠가 자꾸 깨울 때, 나는 어느새 내가 아닌 다른 사람이 되어 눈물을 흘리며 울기도 하였습니다.

이리하여, 부끄럽지만 원고를 완성한 건 2020년 봄이었습니다.

그 후 이런저런 사정으로 미루어 오다가 이번 용기를 내어 책을 내게 되었습니다.

비록 개인적인 체험을 정리한 글이지만 제가 독자들에게 들려

주고 싶은 이야기가 무엇인가에 대해 간략하게 이야기해 보려고
합니다.

1. 이 이야기는 6.25 전쟁이 벌어진 날 밤에 피난길에 올랐다가
   엄마를 잃어버리고 죽음의 그림자에서 벗어나려고 안간힘을
   썼던 열한 살, 아홉 살 남매의 전쟁 체험담입니다. 어른들에게
   도 감당하기 힘든 전쟁이니 어린 남매에게는 당연히 절망적인
   상황이었습니다. 그런 점에서 이 이야기는 흔히 정(精)이라고
   불리는 우리나라 사람들의 따뜻한 마음에 관한 이야기입니다.
   우리 남매는 본인들도 어렵고 궁핍한 처지였으면서도 잘 알지
   도 못하는 어린 남매를 돕는 수많은 은인들의 도움이 없었으
   면 결코 살아남지 못했을 것입니다.

2. 이 이야기는 해방, 전쟁, 가난의 어려움 속에서도 행복과 꿈을
   좇은 한 평범한 가족의 이야기입니다. 먹고사는 것조차 어려
   웠던 집안 형편에 4남매를 모두 대학에 보내겠다는 집념으로
   당신들의 삶을 오롯이 희생한 우리 엄마와 아버지 이야기이기
   도 합니다.

3. 이 이야기는 우리 엄마의 간절한 기도에 응답해 주신 하느님
   이 베풀어 주신 기적에 관한 이야기입니다. 어렸을 때부터 독

실한 기독교 신자였던 우리 엄마는 매일 밤 하루도 빠짐없이 주무시기 전에 울부짖으며 한 시간 가까이 기도하는 생활을 평생 계속하셨습니다. 6.25 전쟁터에서 엄마를 잃어버린 남매가 몇 달간 전쟁터를 헤매다가 무사히 가족을 다시 만나고, 6.25 전쟁에서 전투에 여러 번 참가했던 아버지가 무사히 돌아오신 일은 하느님의 은총이 없었다면 결코 일어날 수 없는 기적이었습니다.

우리 엄마의 그 유명한 열정적인 기도는 건강이 쇠약해지고 치매 증상이 오면서 어느새 일상에서 조금씩 사라졌습니다. 밤이 깊어가는데 울부짖는 기도 소리 없이 조용히 잠이 드시는 엄마를 보면서 활활 타오르던 생명의 불꽃이 점점 꺼져 가고 있구나 하는 안타까운 마음이 들곤 했습니다. 진정한 이북 여장부였던 우리 엄마! 엄마가 살아 계시고 정신이 맑으셨으면 이 책을 보고 얼마나 좋아하셨을까 생각하니 또 눈물이 흐릅니다.

책을 읽다 보면 수많은 저자들이 이 책을 누구에게 바친다는 얘기를 하는 것을 보았는데, 저는 자식들을 키우느라 평생 고생만 하다 세상을 떠나신 엄마, 아버지에게 이 책을 바칩니다.

목차

3 · 엄마를 만나면서 시작된 즐거운 피난 생활

1

우리는 이북에서
월남한 가족

샌님 아버지와
여장부 엄마의 만남

우리 아버지와 엄마는 평안북도 태천군과 안주군 태생이고, 우리 5남매 모두 이북에서 태어났다.

아버지와 엄마는 이몽룡이 춘향이를 만나듯 5월 단오날, 아버지가 마을 잔치에 구경을 나오셨다가 그네를 뛰는 엄마를 처음 보았다고 한다. 아버지는 동네에서 못 보던 예쁜 처녀를 보고 한눈에 반하여 누구인지 수소문해서 알아보니 그 동네로 시집을 온 언니네 집에 놀러 온 처녀였다고 한다.

아버지는 그 언니네를 통하여 청혼을 하였는데, 외할머니가 큰딸을 일찍 출가시켜 섭섭하던 터라 작은딸인 우리 엄마는 좀 늦게 보내신다고 해서 승낙을 받기가 영 어려웠다고 한다.

그때 꽃다운 나이 18살의 아가씨였던 엄마는 정말 예뻤을 것이다. 몸도 호리호리하여 외할머니가 숫강대기(수숫대) 같다고 늘 말씀하셨고, 얼굴도 요즘 말하는 계란형이었다. 25살이었던 아버지는 그때만 해도 이미 노총각이라 몸이 달아 우선 약혼만 하고 기다리겠다며 간청하여 약혼을 하였는데, 약혼을 하고 나서는 혼례를 졸라 19살이 되는 해 섣달 겨울에 결혼을 하셨다고 한다.

엄마는 결혼을 할 때 무척 행복하셨다고 한다.

아버지는 키가 훤칠하게 크고, 얼굴도 잘생기시고, 결혼 전에 신랑집에서 색시 집으로 보내는 예단도 그 당시로는 아주 흡족하게 받으셨단다.

이북에서는 남쪽과 달리 신랑 집에서 예단을 보내고, 장롱도 신랑 쪽에서 마련했다고 한다.

엄마는 모본단 몇 필, 옥양목이 몇 필, 자미사가 몇 감. 또 뭐가 몇 필, 몇 필 하시며 받은 품목을 말씀하시고 또 시계는 seiko를 받고, 반지는 다이아몬드 반지는 아니지만 아주 좋은 반지였다고 하시며 자랑 삼아 우리에게 말씀하실 때면 옛날로 돌아간 듯 엄마 특유의 윗입술이 약간 뾰족해지는 행복한 얼굴이 되신다.

19살 겨울에 쩔렁쩔렁 말방울을 울리며 마부가 끄는 말을 타고 시집을 가셨단다. 원래는 신부가 신랑집에 가마를 타고 가는 것인데, 신랑 집이 너무 멀어 말을 타고 갔다고 한다. 뒤에는 짐을 실은 말과 색시 집에서 따라가는 사람들이 탄 말들이 여러 필이라 말방울 소리가 쩔렁쩔렁 요란했다고 한다.

겨울이라 추워 버선 위에 추위를 막는 걸 또 신고 옷도 덧옷을 입으셨다고 한다.

아버지는 엄마보다 7살 연상으로, 키가 훤칠하시고 곧은 자세며, 피부가 희고 반듯한 얼굴에 조심성 많고, 말수가 적으신 남산골 샌님 같은 분이셨다. 술을 즐기시기는 하되 주사 같은 것은 본 적이 없고, 젊었을 적에 술을 드시고 퇴근하여 기분이 좋은 날엔 엄마를 붙잡고 안으며 일본 씨름을 하자고 하면 엄마는 좋은 듯 싫은 듯 아버지를 밀치기도 하셨다.

젊었을 적 아버지와 어머니가 겨울에 외출했다가 돌아올 때는 아버지의 외투 속에 엄마를 안고 왔다는 등등 재미있게 사셨던 이야기를 자주 하셨다.

엄마 말씀으로는 젊었을 적 퇴근하고 집에 와 하얀 운동복을 갈아입고 정구(테니스)를 치러 나갈 때나 겨울에 스케이트를 메고 나갈 때면 아버지가 정말 멋있었다고 한다.

아버지는 우리 자식들에게 "항상 사람은 근(勤)해야 해요." 하는 말씀을 늘 하시고, 당신이 늦잠을 자거나 일을 두고 게으름을 피우는 것을 본 적이 없다. 이북에서 직장을 다니실 때는 아침 일찍 일어나 장작을 패 놓고 출근을 하시고, 퇴근하고는 짬짬이 채소밭 농사도 지으셨다 한다.

소작농의 셋째 아들로 태어난 아버지는 친할머니가 어렸을 적 돌아가셔서 큰형수 밑에서 자라 고생을 많이 하셨다고 한다. 그래서인지 과묵하고 신중하셨다.

늘 깨끗하게 씻고, 옷도 단정히 입으셨다. 하지만 얌전하고 소극적인 성품으로, 앞으로 닥칠 해방과 6.25 사변 같은 격변기를 헤쳐 나가는 데 어려움이 클 수밖에 없었다.

엄마는 3남 3녀 중 둘째 딸로 태어나셨는데, 9살 때 외할아버지가 장질부사(장티푸스)로 돌아가셨다. 외할아버지가 돌아가시고 생계는 장남이었던 큰아들(내 기준으로 보면 큰외삼촌)이 트럭 운전수를 하며 책임졌는데, 그 당시에는 트럭이 목탄차여서 어느 겨울날 밤에 차에 있는 숯불을 꺼내 화로에 담아 여관방에 들여놓고 주무시다가 가스 중독으로 큰외삼촌마저 변을 당하셨다고 한다. 이러한 환경이었으니 엄마의 어린 시절은 어렵고 힘들었을 것이 훤하다. 9살 때 시집간 큰언니네 집에서 살 때 일본 순사들이 집집마다 다니며 소학교에 보낼 아이들을 조사했는데, 큰언니가 그런 아이는 없다는 말을 듣고 집 뒤 컨 장독대에 가서 한참을 울었다고 한다. 그 뒤 야학 공부 가르치는 곳에 가서 한글도 배우고 셈도 배우서서 글을 쓰는 데 불편이 없으셨고, 혼자 공부해서 한자도 어느 정도 익혀 세상 사는 데에는 불편하지 않으셨다. 하지만 나이가 한참 드시고 나서도 언니와 형부가 학교에 보내 주지 않은 것을 두고두고 섭섭해하셨다.

엄마는 처녀 적에 세례를 받아 장로교를 믿으며 신앙심이 깊으셨다.

엄마는 억척스럽고 적극적인 전형적인 이북 여인으로, 아버지는 어떤 면에서 당신에게 꼭 필요한 배필을 만난 셈이었다.

엄마 뱃속에서
죽을 고비를 넘겨

나는 3남 2녀 중에서 엄마가 오빠 둘을 낳고 나서 태어난 셋째 아이로, 이북에서 금의 산지로 유명한 평안북도 운산면 고당에서 태어났다. 그런데 엄마가 나를 임신하시고는 걱정이 이만저만이 아니었다. 젖을 갓 뗀 두 살 위인 작은오빠가 얼마나 보채고 힘들게 하는지, 셋째를 낳았다가는 작은오빠를 잘못 보살펴 죽일 것 같았단다.

엄마는 그 당시 스물네 살의 나이로 사내아이 둘을 키우고 텃밭도 가꾸고 집안일도 하느라 너무나 힘이 들어 아버지에게 얘기도 안 하고 뱃속 아기 떨어지라고 말라리아 약인 금계랍을 많이 먹고 채소밭에 나가 일을 하는데, 갑자기 어지럽고 죽을 것 같아 급히 아버지를 불렀단다. 그 당시 우리는 관사에 살았기에 사무실에서 급히 달려온 아버지는 황당하여 미쳤냐며 야단치고 엄마를 병원에 데려가서 위기를 면하였다고 한다. 그러고 보면 나는 일단 죽을 고비를 엄마 뱃속에서 한 번 넘긴 셈이다.

그런 곡절을 겪고 이듬해 4월 4일에 태어난 나는 시도 때도 없이 울었다고 한다. 엄마는 아기가 왜 그리 많이 우는지도 모르고 울면 젖꼭지만 물리셨단다. 그러던 중 어느 날, 외할머니가 우리 집에 오셔서 아기를 보더니 "뱃가죽이 등껍질에 붙어 배가 고파서 애가 운다"고 하셨다. 엄마는 세 아이를 돌보느라고 힘이 들어 당신의 젖이 나오지 않아 아기가 배가 고파 우는 것을 모르셨던 것이다. 그 당시 우유는 없었는지 양젖을 구해 대접에 담아 관이 달린 젖꼭지를 물리니 쭉쭉 빨아 배에 날개가 달리도록 먹고는 잠이 들었고, 이후로는 언제 울었냐는 듯 그렇게 순하게 잘 컸다고 한다. 지나고 생각해 보면 내가 엄마 뱃속에서 겪은 죽음의 위기, 그리고 태어난 직후에 겪었던 배고픔은 멀지 않아 나에게 닥칠 고난을 암시하고 있었는지도 모른다.

해방 후에
남한으로 월남

이북에서 살면서 겪었던 일도 희미하게 기억이 난다.

설날이었다.

평안북도 안주에 살 때다. 내 나이 5살 때 일이다. 오빠들과 여동생과 함께 집에서 떨어진 친척 집에 가서 세배를 마치고 돌아오는 길이었다. 친척 집에서 받은 세뱃돈을 가지고 집 가까이 왔는데 엿장수가 있었다. 엿판에 탐스러운 엿들이 놓여 있는데, 정말 먹음직스러워 보이는 팔뚝만 한 커다란 엿이 있는 것이 보였다. 큰오빠가 큰 엿이 얼마냐고 물어보니 내 세뱃돈으로 팔뚝만 한 엿을 두 개나 살 수 있었다. 나는 내 돈으로 그것을 살 수 있다는 것이 너무나 기뻤다. 조금도 망설이지 않고 내 세뱃돈 전부를 내고 팔뚝만 한 엿 2개를 사고 나니 그 기쁨이란…. 내가 일생에서 물건을 사고 크게 기뻐한 사건이 두 건 있는데, 그것이 첫 번째였다.

하얀 가루가 묻은 굵게 꼬인 커다란 엿 2개를 가슴에 안고 집으로 와서 식구들에게 그것을 내놓으니 어린 마음에도 뿌듯하였다. 지나고 보니 무슨 일이 있으면 화끈하게 결정을 하고 몰아붙이는, 통이 좀 큰 성향이 이미 그때부터 있지 않았나 싶다.

또 한 번은 평양병원에서 간호사로 근무하는 나의 이모가 우리 집에 오셨다.

이모는 5살인 내가 안으면 다리가 거의 발목까지 오는 커다란 인형을 사다 주셨다.

납작한 얼굴에 예쁜 옷을 입은 인형이 너무너무 좋았다.

나는 그 인형을 안고 아랫목에서 윗목까지 왔다 갔다 뛰어다니며 '까르르 깔깔, 까르르 깔깔' 한참을 웃었다고 한다. 아마 나는 어렸을 적부터 잘 웃었는지 나이가 든 지금도 실없이 잘 웃는 편이다.

내가 신어 본 예쁜 신발도 잊을 수 없는 추억이고, 아버지가 그리운 이야기이다.

해방을 맞아 아버지는 식구들을 데리고 아버지의 고향 태천으로 갔다.

우리는 아마도 친할머니 댁 바깥채에 살았나 보다. 부엌과 방이 일자형으로 있고 방 앞에는 마루가 있었다.

그 앞 뜰에는 아버지가 타시는 자전거가 늘 세워져 있었다.

어느 날 아버지가 나에게 아주 예쁜 신을 주셨다. 방에서 볏짚도 아니고, 무슨 풀 같은 것으로 만들었다.

모양은 어른들이 신는 짚신 모양인데 그렇게 예쁘고 맘에 들 수가 없었다. 특히 부엌에서 방으로 들어오는 작은 쪽문 앞에 벗어 놓은 내 신발을 보면 정말 예뻤다.

그 예쁜 신발도 신다 보니 뒤축이 내려앉아 미워졌지만 그 후로 아버지는 다시 만들어 주시지는 않았다. 내가 평생 신어 본 신발 중 가장 예쁜 신발이었다.

나의 어머니 말씀으로는 그 신은 베옷을 짜는 삼으로 만들어 주었다 한다.

8.15 해방 후에 직장을 잃은 아버지가 쌀장수도 해 보고 달걀장수도 해 보고 이것저것 해 보아도 살길이 막막하자 아버지와 엄마는 월남을 생각하셨다. 온 가족이 연고도 전혀 없는 남으로 월남하는 큰 결단도 아마 엄마가 강하게 밀어붙이지 않았을까 생각한다. 엄마는 이때 오래 지나지 않아 다시 돌아올 수 있을 것으로 생각하고 외할머니에게 인사도 하지 않고 월남 길에 올랐다고 한다. 엄마는 돌아가실 때까지 외할머니에게 간다는 인사도 하지 않고 월남한 것을 안타까워하셨다.

KBS 방송 남북 이산가족 찾기 행사와 남북 가족 만남 행사를 통해 외할머니와 친척을 만나기 위해 정말 많은 노력을 하셨지만 결국 그 뜻을 이루지 못하고 돌아가셨다.

월남을 하려 마음을 굳히신 아버지와 어머니는 하던 장사도 때려치우고 세간을 정리하기 시작하셨다. 남한에서 자리를 잡으면 나중에 가져온다며 솜이불 좋은 것 몇 자리와 옷 중에 좋은 것, 또 아까운 비싼 그릇은 평양에 사는 친척 집에 맡기고, 꼭 필요해 가지고 월남할 것만 남기고 나머지는 아버지와 어머니가 매일 장마당에 나가서 세간살이를 땅바닥에 펼쳐 놓고 파셨다. 나는 어렸지만 장마당에서 물건을 펼쳐 놓고 파시던 모습은 생각난다.

1947년 음력 4월 그믐날 밤, 꼭 필요한 물건만을 챙겨 신안주 달간에서 배를 타고 나왔다고 한다.

그날 밤 동네는 유난히 조용하고 어두컴컴한데 두런두런 말소리를 죽여 가며 배에 짐을 싣는 어른들을 따라 우리 일곱 식구들도 배에 탔다. 갓난아기인 막냇동생은 어머니가 업고 나왔고, 나와 우리 동생은 아버지의 손을 잡고 배에 올랐다.

엄마를 따라 나와 동생은 배 밑 선실로 들어가고 오빠들과 아버지 그리고 다른 남자들은 배 위에 있었는데, 큰오빠 말에 의하면 그 배에는 스무댓 명이 탔다고 한다.

그 배는 고기를 잡는 어선 통통배였다.

사람들이 모두 배에 오르자 배는 신안주 달간을 뒤로하고 '통통

통' 엔진 소리를 내며 황해바다로 나아갔다.

이 배는 남북을 오가며 돈을 받고 사람들을 남한으로 실어 날라 주는 작은 어선인데, 그때만 해도 남북의 감시가 소홀하였다고 한다.

사흘이면 인천에 온다고 했었는데 감시가 무서웠는지 낮에는 육지 부둣가에 서 있고 밤이 되면 통통배가 움직이고, 또 어떤 날에는 그만 썰물에 갇혀 멈춰 서기도 했다.

그러면 남자 어른들은 배에서 내려가 갯벌 바닥에서 뭘 잡기도 하다가 밀물이 들어오면 배가 움직인다.

작은 배인데 얼마나 멀미가 많이 나는지 특히 엄마와 나는 거의 매일 토를 하여 나중에는 똥물을 토했다고 하는데, 아마도 쓸개즙이 아니었을까?

우리 아버지 말씀으로는 그 배에 설경동 씨라는 분이 비단을 많이 가지고 같이 내려왔는데, 그분은 나중에 한국에서 유명한 기업가가 되셨다고 한다.

이런 고생 끝에 신안주 달간을 떠난 지 15일 만에 인천 부두에 도착하였다.

이때 내가 6살 때이다. 엄마 말로는 우리가 월남할 때가 '미소공동위원회'가 열리고 있을 때였다고 한다. 그 당시 인천에 내리면 밀가루 음식을 실컷 먹을 수 있다는 말을 들은 것이 기억나는데 무슨 뜻이었는지는 지금까지도 모르겠고 딱히 인천에서 밀가루 음식을 먹은 기억도 없다. 그때 우리 식구는 부모님과 두 오빠, 나, 여동생 그리고 떠나기 전에 막 태어난 막냇동생 정식이까지 모두 일곱 명이었다.

인천 부두에 내린 우리 가족은 일단 서울 후암동으로 갔다. 후암동에는 어머니의 외가 삼촌뻘인, 나중에 국무총리를 지내신 유창순 씨 집이 있었다. 그 삼촌은 먼저 월남하여 한국은행조사부에서 근무하고 계셨다.

우리 식구는 유창순 씨가 내어 준 방 한 칸에서 묵었다. 어느 날 늦은 저녁을 먹는데, 갑자기 전구의 필라멘트가 끊어져 전깃불이 나갔다.

당시에는 전구가 나가면 전구를 흔들어서 필라멘트에 붙어 불이 켜지기도 했다. 하지만, 그날은 아무리 흔들어도 안 켜져서 컴컴한 가운데 간신히 밥을 먹던 일은 왜 잊혀지지 않는지, 이상하다.

며칠을 그 댁에서 신세를 지다가 후암동 어느 집으로 세를 얻어 나왔다.

아버지는 아침마다 나가서 직장을 알아보러 다니셨다. 그러다가 양주경찰서에 취직이 되셨고, 우리는 의정부와 가까운 뚝섬으로 오게 되었다.

뚝섬에서 셋방을 얻을 때는 고생이 참 많았다고 한다. 이야기가 잘 되어 셋방을 얻는가 하다가도 아이가 5명이라면 방을 주지 않았다 한다.

할 수 없이 나중에는 애가 3명이라고 거짓말을 하여 얻고 이사 들어갈 때 엄마가 집주인에게 사정을 하여 겨우 얻었다고 한다.

뚝섬에서 얻은 셋방은 한강이 아주 가깝고 가까운 곳에 곡교지 서라는 요즘의 파출소가 있었다.

가까운 한강에 나가면 늘 뗏목이 떠내려왔다. 그러면 어른들이 그 뗏목을 강가로 끌어올려 쌓아 놓는다. 항상 강가에는 뗏목들이 높이 쌓여 있다.

오빠들과 우리는 강가에 나와 놀기도 하지만 뗏목의 껍질을 칼로 벗겨 집으로 가지고 온다.

그 껍질들을 말려서 불을 때어 엄마는 밥을 짓기도 하고, 우리에 게는 좋은 장난감 재료가 된다.

그 소나무 껍질은 부드러워 칼로 잘 깎인다. 바닥은 유선형 배 모 양으로 깎고, 위쪽은 파내어 선실을 2개 만든다. 나와 동생은 오빠 들을 따라 이 소나무 껍질 배를 가지고 나가 한강가에서 물에 띄우 며 놀았다.

그때는 한강물이 맑아 한참을 물속으로 걸어 들어가도 거울처럼 맑아 밑바닥이 훤히 다 보였다. 큰오빠와 우리는 꼬챙이로 강바닥에 있는 조개나 조개같이 생긴 것을 찔러 잡곤 하였다.

아버지가 양주경찰서에서 자리를 잡자, 우리 식구는 의정부로 이사를 왔다.

그 후 아버지는 양주경찰서(현재 의정부경찰서)에 근무하게 되었고, 의정부에서 서○자네 문간방에 세를 얻어 살게 되었다. 서○자는 나와 같은 나이였다.

어느 추운 겨울날, 이불을 덮었는데도 몹시 추웠다. 엄마는 보따리를 풀어 옷가지들을 이리저리 펴서 그 위에 덮어 주었다. 한복이었던 걸로 기억된다. 얼마나 추웠으면 이불 위에 옷가지를 덮어 주었을까? 일곱 식구가 단칸방에서 살 때의 이야기이다.

문간방 생활을 끝내고 의정부에서 서울로 통하는 대로변의 주택 안채에 살게 되었다. 생활은 그때부터 안정되어 갔고, 바깥채에는 우리 말고도 몇 가구가 세 들어 살고 있었다. 우리도 집주인이 아니라 세를 얻어 안채에 살았는데, 그 당시 엄마는 마루며 2개의 방 청소를 참 열심히 하셨다. 그때에는 '청소'라는 말보다는 '소제'라는 말을 썼다.

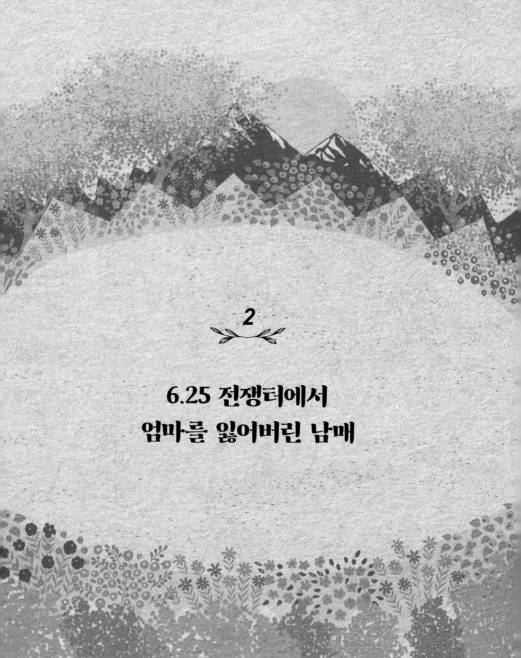

2

6.25 전쟁터에서
엄마를 잃어버린 남매

나의 큰오빠는 나보다 다섯 살 위로, 집안의 장남으로서 동생들은 모르는 책임감을 가지고 있었고, 엄마와 함께 집안일을 많이 했다. 아버지를 닮아 키가 큰 편으로 우리 집에서는 큰오빠와 여동생이 키가 컸고, 작은오빠와 나는 엄마를 닮아 키가 작은 편이었다. 큰오빠는 의외로 나중에 총각 시절에 한량 기질을 보이기도 하는데, 아마도 외할아버지를 닮은 것이 아닌가 싶다.

나의 작은오빠는 나보다 두 살 위로, 오빠 나이 세 살 때 내가 태어나면서 엄마 손을 빼앗겨서 그런지 어렸을 때는 유난히 보챘다고 한다.

게다가 아들만 둘 낳다가 처음으로 딸을 낳으니 아버지가 유난히 나를 예뻐하셔서 요즘 말로 딸 바보였다고 한다. 작은오빠는 캐득 캐득 신경질적으로 우는 데 반해 나는 순둥이로 잘 먹고, 잘 자고, 잘 웃으니 더 비교가 되었나 보다.

작은오빠는 장난도 심하여 큰오빠가 타던 세발자전거를 물려받아 얼마만큼 타고 다니더니 어린아이가 어떻게 분해를 했는지 바퀴는 바퀴대로 굴리고, 핸들은 핸들대로 어깨에 메고 다니며 놀더라고 엄마가 전설처럼 늘 말씀하셨다.

작은오빠가 초등학교 1학년에 입학하고 집에 와서는 학교에서 배웠다고 으스대며 부르던 노래가 옛날 흑백 영화처럼 떠오른다. 우리 집은 저녁을 온 식구가 한 밥상에 둘러앉아 먹고 나서도 바로 치우지 않고 그날 학교에 있었던 이야기며 길에서 본 이야기들을 한참 하곤 하였다.

"(오른쪽 엄지손가락을 앞으로 내밀며) 아버지, 아버지, 어디 계세요?"
"(양손을 허리에 대고) 여기 있지, 여기 있지. 나 여기 있지."
"(검지손가락을 앞으로 내밀고 흔들며) 어머니, 어머니, 어디 계세요?"
"(오른손, 왼손을 앞가슴에 차례로 포개며) 여기 있지, 여기 있지. 나 여기 있지."

작은오빠는 국민학교 때 장난이 심하고 무엇이든지 한 번 빠지면 몰입하여 열심히 하고 또 잘하였다. 딱지치기를 하면 나가서 친구들 딱지를 다 따서 큰 상자에 하나 가득 담아 오고, 다마(구슬)치기를 하면 얼마나 잘하는지 유리 다마를 상자 통에 가득 따서 여동생이 그 상자를 들고 다니며 작은오빠가 따는 다마를 받아 담곤 하였다.

여동생은 눈이 유난히 커서 어려서부터 별명이 왕눈이였다. 나보다 두 살 밑인 원숭이띠로, 욕심도 많았다. 아버지가 술이 거나해서 뭐 먹을 것을 들고 오시면 우리 5남매의 몫을 따로 나눠 주신다. 5남매의 이름을 하나하나씩 부르며 먹을 것을 나누어 주시고는 한 개 남기셨다가 "이건 우리 욕심쟁이 광자 거." 하시며 한 개를 더 얹어 주시면 좋아라 하고 받는 동생이었다.

유치원을 졸업하고 다시 1년을 더 다녔고, 예쁜 외모에 재주도 많아 유희(지금의 무용)도 잘하고 노래도 잘해 선생님들의 귀여움을 받았다. 어느 날, 유치원의 발표회날이었다. 그날은 유치원이 아니고 작은 극장인지 강당인지, 그곳에서 발표회가 있는 날이었다. 엄마는 살림하시느라 바쁘고 정식이를 돌보느라 여동생에게는 미리 못 간다고 하였다. 그런데 엄마는 아무래도 마음이 안되었는지 저녁 설거지를 서둘러 마치고 나를 데리고 발표회장에 갔다. 발표회장은 학부형들로 가득 차 있었다. 학부형들은 의자가 아닌 바닥에 멍석인지 가마니인지를 깔고 앉아 있었다. 우리는 앞에서 좀 떨어진 중간 정도에 자리 잡고 앉았다.

여러 프로그램이 지나고 나서 여동생이 다른 애들하고 여럿이 초록색 개구리 복장을 하고 나왔다.

"개굴개굴 개구리 노래를 한다. (……) 다 모여서 밤새도록 하여도 듣는 이 없어. (……) 듣는 사람 없어….”

여동생은 열심히 춤을 추며 노래를 하다가 우리를 본 모양이다. 오지 않겠다던 엄마가 왔으니 얼마나 반가웠을까? 갑자기 "엄마~” 하고 발표회장이 떠나가도록 소리를 지르는 것이 아닌가? 발표회장은 온통 웃음바다였다.

어느 날, 여동생과 내가 집 앞 큰길에서 놀고 있었다. 그때 예쁜 가마를 메고 사람들이 지나갔다. 그 속에는 연지 곤지를 찍은 예쁜 색시가 타고 있었다. 그것을 보고 들어와 엄마에게 가마 타고 시집가는 걸 보았다고 하였더니 엄마는 나에게 "너도 이 담에 가마 타고 시집갈래?" 물으신다. 나는 얼른 "응… 나 가마 타고 시집갈래.” 하니 여동생은 나보다 두 살이나 어린 것이 싫다는 것이다. 엄마가 "왜?" 하고 물으시니 동생이 "남의 집에 가는 거잖아?" 하고 대답하였다.

엄마는 두고두고 여동생이 어린 나이에 벌써 시집가는 게 남의 집에 간다는 것을 안 영특한 아이라고 말씀하시곤 하였다.

어느 날은 엄마가 나더러 "너는 커서 무엇이 되고 싶니?" 하고 물으셔서 나는 주저 없이 "선생님이요." 하고 대답했다. 여동생에게 똑같이 물으니 "언니 하는 거."라고 대답하던 동생이다.

월남 당시에 갓난아기였던 막냇동생 정식이는 심하게 많이 울기는 하였지만 귀엽게 잘 컸다. 큰오빠가 정식이를 많이 업어 주어 큰오빠 옷의 등에는 정식이의 눈물, 콧물 자국이 늘 있었다.

나보다 5살 아래인 막내 정식이는 참 잘생겼다. 피부가 유난히 희고, 볼이 발그스레했다.

그때는 점심시간이 되면 학교 다니는 우리도 집에 밥 먹으러 오고, 경찰관이신 아버지도 집에 오셔서 점심을 드시곤 하였다. 경찰서에 가서 점심 드시러 오시라는 말을 전하는 심부름을 당시 네 살이었던 정식이가 가곤 하였다. 그러면 아버지의 경찰관 친구분들이 의정부에서 특등으로 잘생겼다고 칭찬이 자자하였다. 두상은 약간 짱구로, 얼굴은 갸름하였다. 내가 보아도 참 귀엽고 잘생겼다.

우리 집에서 양주경찰서(현재는 의정부경찰서로 명칭이 바뀌었고 다른 곳으로 이전하였다)까지 가려면 로터리를 지나게 된다. 그 로터리에는 꽃이 심겨 있고, 봄이면 나비들이 팔랑팔랑 난다. 어느 날인가 그 로터리에서 정식이가 심부름 가는 것도 잊고 나비를 잡고 있었다. 하지만 네 살짜리 사내아이가 나비를 잡는다는 것이 쉬운 일이 아니지 않나? 잡으려고 손을 내밀면 호로록 날아가고 또 앉아서 손을 내밀면 호로록 날아가고…. 로터리 안에 들어가 얼굴이 새빨개지고 머리칼은 땀에 젖어 앞이마에 갈라져 있던 모습이 눈에 선하다. 아버지 점심 드시라며 심부름 나간 동생이 집에 오지 않아 찾으러 나갔을 때 나비를 잡던 동생 정식이의 모습이다.

그때는 추석이나 설날이 다가오면 엄마는 장에 가서서 옷감을 끊어다가 치마와 저고리를 새로 지어 추석빔, 설빔으로 만들어 주시곤 하였다. 엄마는 옷감을 재고 재단하여 바느질을 하신다. 딸이 둘이니까 늘 내 것과 동생 것을 지으셨다. 빨간 치마에 노란 저고리다. 어느 해는 진분홍 치마에 연두색 저고리를 지어 주지만, 대개는 노란 저고리이다.

　방 안에는 옷감이 널리고 우리 집에 재봉틀은 없으니 손바느질로 만들기 시작한다. 이때 필수적으로 필요한 것이 바로 화로다. 이북에서 월남하며 가지고 내려온 놋쇠 화로를 썼는데, 놋쇠 화로는 다리가 있고 테두리도 놋대야마냥 둘러 있어서 모양이 꽤 있어 보였다. 밥을 해 먹고 난 후에 아궁이에 벌겋게 타고 남은 숯과 재를

화로에 담아 온다. 화로 중앙에는 늘 삼발이가 꽂혀 있다.

떡을 구워 먹기도 하고, 집에 늦게 오는 식구가 있으면 삼발이 위에 찌개 냄비나 뚝배기를 얹어 데워 먹는다. 그리고 언제나 화로에는 부젓가락이 꽂혀 있다. 추운 겨울에 밖에서 놀다 들어오면 우선 화로에 언 손을 녹이곤 하였다.

바느질이 시작되면 인두를 화로에 꽂아 놓고 일을 시작하신다. 화로 옆에는 흰 헝겊을 물에 적셔 놓은 작은 그릇이 놓여 있다. 바느질을 하다가 인두를 물에 젖은 헝겊에 '치이익' 하고 대어 적당히 식었는지 얼굴 가까이 대어 보신 후 인두로 옷감을 눌러 가며 바느질을 한다. 나는 엄마가 저고리 만드는 게 참 신기했다. 분명히 겉감 저고리와 안감 저고리가 따로 있었는데, 그게 어떻게 하나로 만들어지는지 되게 신기했다. 이렇게 하나의 저고리가 만들어지면 옷고름을 달고, 마지막으로 하얀 동정을 달면 비로소 완성이다.

우리 엄마가 내 것을 바느질하고 있으면 동생은 빼앗아 놓고 제것을 먼저 해 달라고 옷감을 들이민다. 그러면 엄마는 못 이기는 척 동생 옷을 먼저 지으셨다. 나는 왜 동생이 그러는지 이상하였다. '어차피 명절날이 되면 다 입을 텐데…' 하며 보채지도 않고 그냥 내버려두곤 하였다.

기다리던 설날이 오면 엄마는 아침에 일찍 설빔을 빨랫줄에 다 널어놓으셨다가 다림질을 하여 입혀 주셨다. 설빔을 입는 기쁨은 요즘에는 느껴 보지 못할 신선한 기쁨이다. 설빔을 입고 엄마, 아버지께 세배를 하면 세뱃돈을 받고 다시 동네 어른들 집에 손을 잡고 세배를 다닌다. 어떤 집에서는 먹을 것을 주고, 어떤 집에서는 밤도 싸 주고, 어떤 집에서는 세뱃돈도 주고…. 신나는 설이었다.

그런데 그렇게 다니다 보면 사람들이 여동생을 보고는 "아이, 예쁘다. 참 예쁘다."라고 하면서 나보고는 달덩이같이 복스럽다느니… 부잣집 맏며느리감이라느니…. 듣기 싫은 소리만 했다. 열 명에 한두 사람만 "아니야, 언니가 눈, 코, 입이 더 오목조목하여 예쁘다."며 칭찬인지 위로인지 알 수 없는 말을 하니, 고등학생이 되기 전까지는 여동생이 예쁘다는 소리가 그렇게 듣기 싫을 수가 없었다.

올망졸망 5남매를 키우시던 엄마는 여름이 되면 자주 아버지에게 아이들을 데리고 개울에 가서 먹을 감겨 오라고 하셨다. 퇴근하신 아버지는 저녁을 드시고 난 후에 나와 여동생을 주로 데리고 가셨다. 막내 정식이는 너무 어리니 집에 있고 오빠들은 가끔씩 동행하였다.

의정부 개울은 집에서 한참을 걸어가야 한다. 우리 집은 경찰서와 의정부 기차역이 가까운 시내에 있고, 개울은 집에서 나와 오른쪽으로 계속 걸어가면 시내를 벗어나 있었다. 한참 걸어가면 둑이 나오고, 둑방에는 패랭이꽃이 많이 피어 있다. 작은 빨간 꽃들이 가는 줄기에 손바닥같이 피어 있어 나와 여동생은 그 꽃을 꺾어 개울에 들고 들어갔다. 아버지도 우리도 개울에 들어가서 한참을 놀았다. 아까 따 온 꽃을 손바닥에 놓고 싹싹 비비면 하얀 비누 거품 비슷한 것이 인다. 우리는 그 꽃을 비누꽃이라고 부르며 놀았다.

물에서 실컷 놀다 보면 아버지가 수건에 비누를 묻혀 우리 몸을 슬슬 닦아 주시고는 "다 됐다." 하시며 물에 들어가 씻으라고 하신다. 얼마나 슬슬 해 주시는지, 엄마가 박박 문지르며 씻겨 주실 때와 비교하면 너무 쉽게 금방 끝나서 좋았다.

옷을 챙겨 입고 집으로 돌아오는 길. 날은 이미 저물었는데 어느날은 보름달이 떠 있는 둑방길을 아버지 손을 잡고 걸어오며 노래도 목청껏 불렀다.

"달 달 무슨 달,
쟁반같이 둥근 달…"

부르기도 하고,

"달아 달아 밝은 달아,
이태백이 놀던 달아…"

부르기도 했다.

어느 날, 엄마가 나와 여동생을 유치원에 데려가셨다. 선생님이 "이름은 뭐니? 몇 살이니?" 물으시더니 노래를 해 보라고 시키셨다. 동생은 부끄럼 없이 잘도 하는데, 나는 부끄러워 못 하였다. 웬일인지 동생은 그다음부터 유치원을 다니고 나는 유치원 문턱만 한번 넘어 보고는 얼마 있다가 양주공립국민학교(현재의 의정부중앙초등학교)에 입학하였다.

입학식에 가는 날 엄마는 흰 블라우스에 등 뒤는 엑스 자로 끈이 달린 초록색 점박이가 있는 주름치마를 해 주셨는데, 그 치마의 주름도 예쁘고 실크의 반짝거리는 촉감도 무척 좋았다. 지금도 그 당시 나의 옷을 그리라고 하면 그릴 수 있을 정도로 좋았던 기억도 생생하다. 양주공립국민학교의 운동장은 왜 그리 넓어 보였는지….

국민학교에 들어가서는 다소곳이 선생님 말씀도 잘 듣고 공부도 그런대로 잘하여 칭찬을 많이 들었다. 반장은 아니고, 줄반장인지 분단장인지 시키시며 선생님이 공부 못하는 아이들을 여러 명 데리고 공부를 가르치라고 하셔서 약간 우쭐한 기분이었다.

어느 해인가, 소풍이었다. 아마도 1학년 소풍이 아닐까? 반 아이들은 거의 다 엄마나 할머니가 따라오셨는데, 우리 엄마는 어린 두 동생이 있으니 못 오셨다.

어린 마음에 얼마나 쓸쓸하고 멋쩍던지⋯. 그런대로 나처럼 혼자 온 아이들이 몇 명 더 있었다. 점심시간이 되었다. 엄마가 온 아이들은 다 손을 잡고 가는데, 나는 어찌할 줄 몰라 어리둥절 서 있었다. 그때 선생님께서 혼자 온 아이들 몇 명을 불러모아 선생님이 데리고 같이 둥글게 둘러앉아 점심을 먹었다. 얼마나 고맙고 좋았는지⋯. 두고두고 고마우신 선생님이었다.

3학년이 되니 김문화 선생님이 담임이셨다. 얼굴이 갸름하시고, 늘 양장 복장을 하시는 멋쟁이 선생님이셨다. 그때는 한복을 입으시는 여선생님이 많으셨다. 김문화 선생님께서는 우리 학생들을 많이 사랑해 주셨고, 공부도 열심히 가르쳐 주셨다. 그때 구구단을 배웠는데, 못 외우는 아이들은 따로 남겨 운동장 그늘진 곳으로 몇 그룹으로 나눠 큰 소리로 외우게 하시곤 하였다.

어느 날 나는 월사금을 내라고 엄마가 돈을 주어서 외투 주머니에 넣고 학교에 갔다. 아마도 추울 때였나 보다. 그런데 학교에 가서 돈을 내려고 하니 주머니에 있던 돈이 없어졌다. 길에서 흘린 모양이었다. 아침부터 울기 시작하였다. 호랑이 같은 엄마에게 혼날 생각을 하니 너무너무 무서웠다. 아침부터 학교 수업이 끝나는 시간까지 계속 울었다. 왜 그렇게 무섭고 두려웠을까?

울음을 그치지 않는 제자가 딱하신지 공부 끝나고 선생님이 나를 데리고 우리 집까지 오셨다. 선생님까지 오셔서 아이가 돈을 잃어버렸으니 너무 혼내지 말라고 말씀하시고 가시니 엄마도 순순히 그 일을 넘겨주셨다. 두고두고 고마운 선생님! 아이가 운다고 집에까지 데려다주시는 인정 많은 따뜻한 선생님 밑에서 공부했으니 나의 어린 시절은 행복했다.

말수가 적고 수줍음이 많던 나는 선생님이 나를 예뻐해 주시는 것은 알았지만 다른 친구들처럼 "선생님~ 선생님~" 하며 손을 잡거나 매달리지는 못했다. 친구들도 여러 명 떼를 지어 사귀지 못하는 소극적인 아이였다.

반에 나와 키가 거의 같은 이순자라는 친구가 있었다. 나는 어렸을 때 키가 작아 늘 앞줄에 앉곤 하였다. 순자는 얼굴이 희고, 쌍구였다. 늘 단발머리였는데, 머리 색깔이 유난히 까맣게 반짝였고…
나처럼 다소곳한 친구였다. 그 친구는 의정부 시내에서 좀 떨어진
곳에 살고 있었다. 아버지가 간장 공장을 하셨으니 어린 내가 보아
도 우리 집보다는 형편이 좋아 보였다. 그 친구는 왼손 새끼손가락
이 약간 불편하였다.

나는 친구인 순자랑 무척 친했다. 순자랑 학교 끝나고 우리 집에
와서 놀다가, 집에 간다고 하면 같이 나가서 순자네 집으로 간다. 의
정부 복잡한 시내를 벗어나 순자네로 가려다 보면 오른쪽으로는 야
트막한 산등성이에 나무들이 무성했다. 길가에는 봄이면 유난히 노
란 민들레가 많이 피었고, 여름에는 산등성이 위 무성한 나무들이
유난히 푸르렀다. 그 길을 오른쪽으로 끼고 돌아가면 순자네 집과
간장 공장이 보인다. "너네 집 다 왔다." 하면 이번에는 순자가 나를
데려다준다며 걸어온 길을 되짚어 의정부 시내로 들어온다. 이렇게
두 번 왔다 갔다 하면 저녁때가 다 된다. 봄날이니 해가 길어 조그
마한 두 계집애는 이렇게도 떨어지기 싫어하는 사이좋은 친구였다.

6.25 사변이 일어난 1950년 6월 25일에 나는 초등학교 3학년으로, 만 나이로는 여덟 살하고 두 달이 조금 지난 때였다. 일요일이라 교회에 갔다 와서 내일 숙제로 구구단 6단, 7단을 열심히 외우던 하루였다.

그날 새벽, 컴컴할 때부터 이상한 조짐이 있기는 했다. 새벽에 아버지께서 주섬주섬 정복을 챙겨 입으시며 비상이 걸렸다고 하신다. 잠결에 어슴푸레 아버지가 옷 입는 모습을 보았다. 하지만 그때는 아버지가 비상이 걸렸다며 새벽에 나가시는 일이 종종 있었기 때문에 무슨 큰일이 났다고는 전혀 생각하지 않았다. 우리 식구는 평소와 다름없이 교회에 갔다 와서 평안한 하루를 보내고 있었다.

의정부에 있는 우리 집은 서울로 가는 대로변에 있는 집이었다.

6월 25일, 점심을 먹고 햇볕이 쨍쨍한 낮에 대문을 열고 나가 보니 국군 아저씨들이 가득 타고 있는 트럭들이 꼬리를 물고 북쪽으로 향하고 있는 게 아닌가?

엄마와 동네 사람들은 양동이에 우물에서 찬물을 가득 퍼서 들고나와 잠시 멈추는 트럭 위 군인들에게 바가지로 물을 퍼 올려 주면 국군 아저씨들이 받아 마시고 다시 또 우물물을 양동이에 퍼 와 바가지로 올리고 하였다.

우리 엄마는 국군이 무리를 지어 트럭을 타고 북으로 올라가는 모습을 두 눈으로 직접 보고도 설마 무슨 큰일이야 있으랴 생각하며 저녁밥을 지었다. 여름이라 호박새우젓찌개 반찬이었다. 엄마랑 둘레반이라 부르던 둥근 상에 모여 앉아 한참 밥을 먹고 있는데, 밖에서 "빨리 피난 가시오. 빨리 피난 가시오." 하는 방송 소리가 들린다. 또 바깥채에 살던 李(이) 순경 아저씨가 급히 오더니 빨리 피난 가야 한다고 소리를 친다.

나중에 알고 보니 의정부에서도 작은 뒷길은 삼팔선 가까이 살던 사람들이 아침부터 보따리를 이고 지고, 구루마에 싣고 피난길에 나서 인산인해였다고 한다.

우리 집 앞의 큰길 국도는 군인들 이동에 필요하니 통제하고, 피난민들을 전부 작은 뒷길로 보내는 바람에 우리 식구들은 아무것도 모르고 있었던 것이다.

밥을 먹고 있던 우리 식구들은 어리둥절해서 허겁지겁 숟가락을 내려놓고 바로 집을 나서야만 했다. 엄마는 그때만 해도 그저 잠시 집을 나갔다가 다음 날이면 다시 돌아오려니 하고 안이하게 생각하셨다고 한다. 아버지는 새벽에 비상이 걸려 나가셨으니 안 계시고…. 엄마는 "어서 가자, 어서 가자." 하며 오 남매를 앞세우고 서두르시며 나가자고 하시는데…. 나는 엄마가 시키지도 않았는데 어린 정식이 옷은 몇 벌 가져가야 할 것 같아서 빨랫줄에 걸린 정식이 옷들 중에서 바지와 윗옷 두 벌을 얼른 챙겨 들었다.

집 대문을 나와 길로 나서 조금 걷다 보니 이미 날은 어두워졌다.
북으로 가던 우리 군인 트럭들은 그림자도 없고, 그 넓은 길을 피난민들이 꽉 차서 서울 방향으로 물밀 듯이 쏟아져 가고 있었다. 엄마는 오 남매를 앞세우고 "어서 가자, 어서 가자." 하며 수많은 인파 속을 떠밀리다시피 걸어가기 시작했다. 이때 주변의 피난민들은 너무 황급히 나온 사람들이라 큰 짐을 진 사람은 거의 보이지 않고, 오히려 맨손 피난민이 대부분이었다. 이미 날은 캄캄하게 어두워지는데 길의 사람들은 점점 더 많아지고…. 정신없이 앞으로, 앞으로 걷는다. 가면 갈수록 사람은 더 늘어나 물결 흐르듯이 떠밀려 앞으로, 앞으로….

　이미 날은 어두워졌다. 한참을 식구들과 어울려 걷고 있는데, 난데없이 비행기 한 대가 "웨엥~" 하며 낮게 지나갔다. 그러자 사람들이 마구 뛰기 시작했다. 나도 작은오빠도 덩달아 뛰었는데, 어느새순식간에 식구들이 보이지 않고 주변을 둘러보니 식구라고는 작은오빠와 나 둘뿐이었다. 너무나도 많은 사람들이 밀고 밀리며 떠밀리듯 걸어가고 있는 사람들의 물결 속이라 아무리 "엄마, 엄마." 소리쳐도 엄마를 도저히 찾을 수가 없어 그대로 사람들에 밀려서 따라걷다가 어느 지점에 다다르니 도로와 철도가 교차하고 있고, 저쪽철도 길로도 사람들이 하얗게 많이 걸어가고 있었다. 작은오빠와나는 혹시 엄마와 식구들이 저 철도 길로 가시지 않았을까 싶어 철도 길로 건너가 다시 사람들 틈에 떠밀려 걸었다.

　수많은 사람들이 물밀 듯이 서울로 향한다. 앞으로 더 뛰어갈 수도 없고, 그렇다고 뒤로 물러서 찾을 수도 없다. 그저 인파 속에 휩쓸려 앞으로 앞으로만 걸어야 했다. 엄마도 큰오빠도 안 보이고, "엄마! 엄마!" 소리쳐도 그냥 묻혀 버린다. 나는 작은오빠 손을 잡고 걸으며 울기 시작하였다. 작은오빠도 겨우 열한 살이었지만, 울지 않고 내 손을 꼭 잡고 걷는다. 피난민 속에 파묻혀 한참을 걸으니 소년 단원 같은 청소년들이 나와 피난민을 어느 곳으로 인도했다.

소년 단원들의 안내를 따라 들어간 곳은 창동에 있는 큰 공장의 강당 같은 곳이었다. 넓은 강당 바닥에는 가마니가 깔려 있고, 수많은 피난민들이 가마니 위에 눕거나 앉아 밤을 보냈다. 어떤 사람들이 자기들끼리 얘기하는데, 급히 나오며 아기를 안는다는 게 베개를 안고 나왔다고 하는 얘기도 들렸다. 그게 사실이었을까? 피난민 수용소에서 사람들 속에서 울다가 어느새 잠이 들었다.

하룻밤을 피난민들 속에서 자고 6월 26일 아침에 일어났다. 아침에 잠에서 깬 나는 울음으로 하루를 시작하였다. 아침이 되니 소년 단원들이 목에 삼각 수건을 두르고 바삐 뛰어다니며 피난민들을 정리해 준다. 피난민들은 소년 단원들의 인도에 따라 움직였다. 공장 근처 창동역 옆의 광장인지 큰 운동장 같은 곳으로 갔다. 운동장이 온통 하얗다. 그 당시 사람들이 흰옷을 많이 입어서 그런지 온통 흰 물결이다.

소년 단원들의 안내로 줄을 서니 어머니 봉사자들이 나와 큰 솥에 밥을 지어 퍼서는 두 손으로 꾹꾹 테니스공만 하게 뭉쳐 소금에 슬쩍 찍어 한 개씩 나눠 준다. 쌀과 보리가 섞인 주먹밥이지만 어제 저녁밥을 먹다가 뛰어나온 데다가 밤새도록 걸어왔으니 꿀맛이었다. 그 많은 피난민들이 와글거리는 가운데 군인 지프차가 확성기를 달고 다니며 "국민 여러분, 피난 가십시오. 위험합니다. 피난 가십시오." 하고 방송을 하지만, 사람들은 우선 주먹밥을 타기 위해 줄을 서기 바빴다. 고마운 소년 단원들과 봉사 아주머니들이었다.

작은오빠와 나는 손을 잡고 어찌할 바를 모르고 왔다 갔다 하고 있었다. 혹시 엄마를 찾을까 싶어 수많은 피난민 속을 헤집고 다니다가 긴 줄을 보면 그 줄도 가서 찾아보고…. 그때 마침 운동장에서 어머니, 아버지 잃어버린 아이들은 줄을 서라고 방송을 한다. 작은오빠와 나는 그 방송을 듣고 얼른 그쪽으로 달려갔다. 작은오빠 손을 잡고 왼쪽 겨드랑이에는 전날 밤에 들고나온 정식이 옷을 끼고 여전히 울면서 따라갔다. 그런데 아이들이 선 긴 줄은 줄어들 기미가 없이 앞으로 나아가지 않는다. 그 혼란 속에서 소년 단원 오빠들이 호루라기를 불며 뛰어다니는 모습이 어린 아홉 살 눈에도 멋있어 보였다.

줄을 늘어지게 서서 기다리고 있는데, 의정부에서 우리 집과 알고 지내던 우영이 엄마가 우리를 보더니 "엄마 잃어버렸냐?" 하고 묻더니, 자기랑 같이 가자고 하신다. 우리는 고마워서 우영이 엄마를 따라나섰다. 우영이 엄마는 당신의 아들 2명, 남편 그리고 우리 남매를 데리고 성북동 그 아주머니 친척 집으로 갔다. 집이 널찍하니 좋다. 25일 집에서 뛰어나와 밤새도록 걸었고, 그날도 창동에서 성북동까지 걸어온 터라 피곤하여 저녁밥을 먹고는 바로 잠이 들어

곤히 잤다.

　27일에는 아침부터 밖에 나가지 않고 집 안에서 꼼짝도 않고 있었다. 저녁 무렵부터 '타다당, 타다당' 총소리가 들리고, 밤이 되니 가끔씩 '꽝! 붕! 꽝! 쿵!' 하는 대포 소리가 좀 더 자주 들린다. 그래도 꼼짝도 않고 집에 박혀 있으니 27일 밤도 무사히 잠을 자며 지나갔다. 밤이 깊어지며 대포 소리도 점점 커지더니, 새벽이 되자 잠잠해졌다. 우영이네 친척 집 주변에서 큰 폭발음이나 폭탄 터지는 소리는 듣지 못하였다.

28일 아침 날이 밝았다. 성북동 조용한 집에서 우영이네 친척이 주는 아침밥을 맛있게 먹었다. 요란하던 '타다당' 소리도, '쿵! 쿵! 꽝! 꽝! 부웅! 붕!' 하던 소리도 다 멈추었다. 작은오빠와 나는 아침을 먹은 후 곧 그 집을 나왔다. 나는 들고 나온 정식이 옷을 옆구리에 낀 채 작은오빠의 손을 잡았다. 세상이 바뀌었다. 인민군이 서울에 들어왔단다. 저쪽 산꼭대기에 인민군의 빨간 깃발인 인공기가 꽂혀 펄럭거렸다. 그런 세상이 뒤집히는 엄청난 혼란이 왔건만 6월의 태양은 무심하게 빛나고 있었고, 하늘은 맑았다.

우영네하고 헤어져서 이제 작은오빠와 둘이 손을 잡고 다시 우리 집이 있는 의정부를 향하여 걷기 시작했다. 옷은 입고 나온 그대로였고, 신발도 신고 있었다.

28일 이른 아침이었다.

길에는 다니는 사람도 없고 조용하였다. 작은오빠와 나는 타박타박 걸어 의정부로 가면 잃어버린 엄마와 식구들을 만날 수 있을 것이라는 희망으로, 엊그제보다는 훨씬 가벼운 마음으로 의정부를 향하여 걸어갔다.

작은오빠와 나는 부지런히 걸어 미아리 고개에 가까워졌다. 고개의 정상 부근에는 망가진 인민군 탱크 3대가 있었다. 대포가 서울을 향하고 있다. 가운데 탱크는 시커멓게 그슬리고, 앞의 탱크와 뒤의 탱크는 철 바퀴가 망가져 있었다. 나는 처음 보는 물건인데, 오빠는 어떻게 알았는지 저게 땅끄라고 얘기해 주었다. 미아리 고개 가까이 오면서 의정부 쪽으로 한 걸음, 한 걸음 디딜 때마다 아홉 살의 어린이가 차마 눈 뜨고는 볼 수 없는 참혹한 풍경이 끝이 보이지 않을 정도로 펼쳐지기 시작했다. 신작로 바닥은 무수하게 많은 국군 아저씨들의 시신이 끝없이 널려 있었다. 국군 복을 입은 시체가 탱크에 짓밟혀 옷과 피, 뼈와 살이 그대로 납작하게 눌려 있다. 길바닥에는 발 디딜 틈도 없을 정도로 불쌍하게 죽은 군인 아저씨들의 시체와 핏물이 가득했다. 길옆의 논바닥이나 밭에도 소총을 북쪽으로 향하여 내밀고 죽은 국군 아저씨들의 시체가 널려 있었다. 어떤 국군은 뒷주머니에 건빵 봉지가 꽂힌 채 엎드려 죽어 있었다. 어떤 국군은 음식을 토한 채 엎드려 숨져 있었다. 희한하게도

그 많은 시체 중에 인민군의 시체는 보지 못했는데, 그들이 인민군의 시체는 치운 건지 아니면 인민군의 피해 없이 일방적으로 국군이 당한 것인지는 잘 모르겠다. 우리 국군의 군복은 짙은 녹색이라 금방 알았다.

우리가 나중에 알게 되는 군가에서 나오는 "전우의 시체를 넘고 넘어 앞으로, 앞으로…"라는 가사는 실제로 눈으로 보면 상상할 수 없을 정도로 처참하고 잔혹했다. 신발을 신고 있어서 얼마나 다행인지 모른다. 만약 신발이 없었다면 우리는 국군 아저씨들의 시체를 피해서 걷는다고 해도 피와 탱크에 짓눌려 길바닥에 질펀한 시신의 살과 으스러진 뼈 위로 어떻게 걸어갈 수 있었을까? 걷기가 너무너무 무서웠다. 신작로에는 국군 아저씨들의 시신에서 흘러나온 피가 길 위에 질펀하였다.

사흘을 쉬지 않고 울어 눈물을 훔치느라 양쪽 눈가의 살이 터져 빨갛게 피부가 긁혀 딱지가 졌고, 국군의 시체와 핏물을 밟고 걷기가 너무 무서웠다.

"오빠, 나 눈 감고 걸을래." 하니 작은오빠는 남자라 그런지 동생을 생각해서인지 "그래, 그래. 내 팔을 끼고 걸어 봐." 하며 나를 붙잡아 주어 나는 두 눈을 감고 작은오빠의 팔짱을 끼고 걸었다. 여전히 동생 정식이의 옷 두 벌을 옆구리에 낀 채 눈을 감고 걸으니 그래도 덜 무섭고 덜 징그러웠다.

그렇게 아주 한참을 걸었다. 철도와 차도가 교차하는 곳이 나오니 작은오빠가 이제 눈을 뜨라고 한다. 철로 변에는 국군 전사자가 별로 보이지 않았다. 눈을 감고 걷다가 눈을 뜨고 걸으니 한결 살 것 같았다. 작은오빠에게 "우리 저쪽 철길로 걸으면 안 돼?" 하니 "그래, 그럼 우리 그쪽으로 가자." 하며 철길로 갔다. 그 당시는 전봇대가 나무였는데, 철로 변의 전봇대들은 거의 다 잘려 있었다. 땅에서 1~1.5미터 정도 되는 높이로 잘려 있는 걸 보며 이상하다고 생각했는데, 지금 생각해 보면 국군이 후퇴하며 적군이 사용하지 못하도록 연락선이나 전기를 끊은 것 같다.

작은오빠와 나는 뜨거운 기차길 침목의 기름 냄새를 맡으며 침목을 한 칸, 한 칸씩 밟으며 의정부 우리 집 쪽으로 걸었다. 뜨거운 철길의 자갈들이 열을 뿜어 대고 햇볕은 쨍쨍하여 몹시 더웠다. 철로 옆으로는 침목에서 뽑아낸 큰 쇠못들이 널려 있었다. 침목 밟는 것이 지루하면 철로 위로 걸으며 한참 균형을 잡으며 걷기도 했다.

한참을 걷다 보니 큰 개천이 나오고, 그 위로는 기찻길이 깔린 철교가 놓여 있다. 밑이 뻥 뚫린 철교로, 저 한참 아래로 물이 흐르고 있었다. 이때는 침목을 한 개씩, 한 개씩 밟고 지나는 게 얼마나 무섭고 어려운지⋯. 아무리 작은오빠의 손을 잡고 간다고 해도 너무 무서워 벌벌 떨며 걸었다. 철교 밑의 저 모랫바닥 왼쪽에는 누런 황소가 네 다리를 하늘로 향한 채로 죽어 누워 있었다.

아침에 성북동 우영이네 친척 집을 떠나 하루 종일 걸어 해가 뉘엿뉘엿 질 무렵, 마침내 의정부 시내에 들어왔다. 철길을 따라 걷다 보니 마침내 의정부 기차역에 도착했다. 화물 기차들이 여러 칸 줄지어 철로에 서 있었는데, 칸칸이 화약인지 무기인지가 잔뜩 실려 있었다. 의정부역을 나와 우리 집으로 향하는데, 의정부 시내는 전투가 없었는지 아니면 이미 오후라 치웠는지 국군의 시체가 눈에 띄지 않았다. 미아리 고개에서 의정부 근처까지 오는 길은 정말 국군의 시체가 큰길에도, 논에도, 밭에도 너무나 많아 차마 눈을 뜨고 볼 수도 없었는데⋯.

드디어 너무나도 오고 싶던 우리 집에 들어섰다. 걸어오면서 하루 종일 엄마와 식구들이 집에서 우리를 기다리고 있을 것이라고 생각했다. 바깥채를 지나 안채 대문을 열고 들어섰다. 그런데 이게 웬일인가? 앨범 사진첩과 사진들이 마당에 내던져지고, 사진들이 막 흐트러져 있었다. 엄마와 아버지가 사진들을 귀하게 여겨 이북에서 배를 타고 월남하면서도 소중하게 간직해서 오셨는데⋯. 그 사진들 속에는 엄마가 면사포를 쓰고 아버지와 찍은 결혼사진도 있고, 내가 어느 날 목화밭 앞에서 예쁜 치마저고리를 입고 아이스크림 같은 목화송이를 들고 찍은 사진, 내 돌잔치날 돌상을 앞에 두고 찍은 사진에는 그 옆으로 잔칫집에 온 나보다 큰 여자아이가 엎드려 있고, 저 옆으로 돌상을 보며 서 있는 아주머니들이 같이 찍힌 사진(6.25 전쟁이 나기 전에 나는 이 사진을 참 좋아하였다), 큰오빠가 국민학교에 입학했다고 란도셀을 메고 통통하게 볼이 살찐 사진 등등 소중한 추억들이 마당에 내동댕이쳐 흩어져 있었다. 나는 얼른 앨범 세 권을 주워 툇마루에 올려놓고 사진도 모아 놓았다. 그리고 그동안 계속 들고 다니던 내 동생 정식이 옷 2벌도 앨범 옆에 놓았다.

6월 25일에 저녁밥을 먹다가 그대로 두고 나온 동그란 밥상(엄마는 둘레반이라고 불렀다)도 그 자리에 그대로 펴져 있는데, 상 위에는 항아리가 한 개가 올려져 있었다. 방 안을 보니 이불장에 있었던 이불은 다 흩어져 방바닥에 널려 있고 옷도 꺼내져 이리저리 방바닥에 흩어져 있다. 우리 집이지만 너무 흐트러지고 난장판이 되어 있으니 들어가기가 무서웠다. 사흘 전만 해도 평화롭고 좋았던 우리 집이 며칠 사이에 모든 평화와 질서가 파괴되고 나자 오히려 무서워졌다. 작은오빠와 나는 "우리 나가자." 하고 대문 밖으로 나와 우리 집 대문 앞에 서 있었다. 6월 28일, 해는 많이 기울었고, 아직 어둡지는 않았다.

그저 어쩔 줄 모르고 대문 앞에서 작은오빠랑 서 있는데, 비행기 하나가 웽~ 하고 지나간다. 마침 길 건너 앞집 관수 어머니가 나오시더니 우리를 보고 자기네 집으로 들어오라고 하신다. 평소에 길 건너 앞집이고, 그 집 작은아들과 작은오빠가 양주공립국민학교에서 같은 학년인지라 알고 지내던 집이다.

이미 저녁때가 되어 날이 어두워질 무렵, 어디선가 '쾅' 하는 소리가 들렸다. 그러더니 '쾅, 쾅, 탕탕, 피융피융' 등 밖에서 연신 다양한 포탄 소리와 총소리가 요란해졌다. 관수 어머니는 그 집 식구들과 우리 남매를 한 방으로 다 모아 놓고는 두꺼운 솜이불을 여러 장 꺼내셨다. 이불을 겹겹이 퍼 놓으시고는 모두 그 속으로 들어가라고 하신다. 이불솜은 총알이 뚫고 들어오지 못해서 괜찮다 하셔서 우

리와 관수네 식구는 모두 이불 속으로 들어갔다. 캄캄한 이불 속에서 멀리서 '쾅' 하는 소리가 몇 번 또 들렸다. 하지만 이불을 뒤집어쓰고 있으면 총알을 막아 주려니 하고 안심하고 있었다.

그런데 얼마 지나지 않아 '쾅' 하며 귀청이 찢어질 듯한, 어머어마하게 큰 소리가 나더니 집이 와르르 무너지는 소리가 나는 것이 아닌가? 놀라서 얼른 이불 속에서 나오니 집 한쪽 벽이 와르르 무너지고 흙먼지가 방 안에 가득하다. 나는 겁에 질려 "오빠, 오빠." 부르며 작은오빠를 따라 황급하게 관수네 집을 뛰쳐나왔다. 신발이고 뭐고 챙길 틈도 없이 맨발로 뛰어나왔는데, 주변은 어느새 총알이 빗발처럼 날아다니는 불바다가 되어 있었고, 겁에 질려 그 속을 이리저리 뛰기 시작했다.

나는 무조건 무서워 뛰었다. 마구 뛰는데, 어디선가 "정자야! 정자야!" 하는 작은오빠의 목소리를 듣고 거꾸로 뛰어 작은오빠가 부르는 쪽으로 달려갔다. 나중에 들으니 내가 위험한 의정부 기차역 방향으로 뛰어 작은오빠가 놀라 나를 목 터지게 불렀다고 한다.

나중에 세월이 흘러 세계적으로 유명해진 사진… 베트남 전쟁에서 네이팜탄을 피해 알몸으로 뛰어가는 소녀와 그때의 나는 별반 다를 것이 없었다. 아니, 총알이 비바람처럼 날아다니고 폭탄이 주변에서 여기저기 터지는 곳을 뛰어다녔으니 그보다 더한 장면이었을 것이다. 작은오빠 손을 잡고 뛰다가 앞에서 번쩍하고 터지면 그만 손을 놓치고 각자 뛴다. 그러고 나서 "오빠, 오빠." 부르면 "정자야, 정자야." 하고 불러 주는 오빠 목소리를 듣고 달려간다. 비행기가 와서 의정부역 기차에 실려 있던 폭탄과 무기를 폭격하였는가 보다…. 갑자기 세상이 온통 불바다고, 총알이 피융피융 하고 이리저리 날아다녔다.

머리 위로 불빛이 이리저리 날아다닌다. 나는 뛰다 작은오빠 손을 놓치면 "오빠, 오빠." 하고 찾고, 나보다 앞서 뛰던 오빠는 "정자야, 정자야." 하고 부르더니 이리 오라며 엎드려 손짓하면 그쪽으로 뛰어가고…. 작은오빠는 그 와중에 어디서 주웠는지 대야를 머리에 쓰고 뛰어간다. 어떤 사람은 빈 쌀가마니를 등에 덮고 기어가고 있다.

우리 둘은 이리저리 뛰다가 어느 골목길로 접어들었다. 마침 그 골목의 집들은 아직 불이 붙지 않았다. 어느 집 대문을 열고 들어갔다. '슈웅~핑, 슈웅~핑, 탕' 하는 소리를 내며 총알이 마당에 쏟아진다. '타당탕, 쾅쾅' 폭탄 소리가 고막을 찢을 듯했다.

우리는 얼른 그 집 마루 밑으로 기어 들어갔다. 둘이 납작 엎드려 있으니 총알은 피할 것 같았다. 그렇게 우리 둘은 겁에 질려 마루 밑에 엎드려 떨면서 밖만 내다보았다.

마루 밑에서 엎드려서 보니 앞마당에 우물이 있고, 그 옆에는 드럼통을 자른 듯한 큰 물통이 있었다. 한참 숨어 있는데, 인민군 복장을 한 어떤 남자가 대문을 확 열고 뛰어 들어오더니 마당을 가로질러 뛰어갔다. 우리는 일단 어른을 보자 너무 반가웠다. 얼른 어른을 쫓아가야지 하며 둘이 마루 밑을 기어 나와 그 사람이 간 쪽으로 가니, 이미 그 사람은 어디로 갔는지 보이지 않는다.

우물 옆에 있는 통을 뒤집어쓰고 마루 밑에 있으면 더 안전할 것 같아서 "그래, 우리 저 통을 마루 밑으로 가져오자." 하며 마당에 '핑, 핑' 하며 떨어지는 총알을 무릅쓰고 피해 힘을 합쳐 물을 쏟아내고, 그 통을 마루 밑까지 끌고 왔다. 그러나 간신히 끌고 온 그 통은 마루 밑이 너무 얕아 안으로 들어오지 않는다. 둘이 낑낑대며 잡아당기다가 포기하고 할 수 없이 그냥 마루 밑으로 들어가 다시 엎드렸다. 이리저리 뛰어다닌 탓인지 나는 졸려서 잠이 들려 했다. 작은오빠가 자지 말라고 자꾸 옆에서 깨웠다.

우리가 마루 밑에 숨어 있던 집은 이내 불이 붙어 마루 뒤부터 타기 시작하더니, 얼마 지나지 않아 마루 위로 시뻘건 불이 타올랐다. 만약 그 통이 마루 밑으로 들어갔다면 작은오빠와 나는 꼼짝없이 통 속에서 까맣게 타 죽었을 것이다. 그 통이 마루 밑으로 안 들어간 것이 전화위복으로 천만다행이었다.

집은 불이 붙고 숨을 곳도 없어졌으니 작은오빠와 나는 그 집을 뛰쳐나왔다. 골목길을 정신없이 뛰어 벗어나서 방향이고 뭐고 무조건 달리는 사람들을 쫓아 뛰다 보니 어느새 의정부 저 뒤쪽 냇가까지 왔다. 작은오빠 말로는 송산리 하천이라 한다고 한다. 날은 캄캄한데 의정부 시내가 활활 벌겋게 타며 대낮처럼 환하게 밝다. 여기 큰 다리 밑까지 오니 근처에 불타는 집도 없고, 다리 밑에는 많은 사람들이 피난 와 있다. 작은오빠와 나도 여기에 와서야 한숨을 돌렸다. 아까 폭탄이 터진 관수네 집에서 신발도 못 신고 뛰어나와 여기까지 맨발로 뛰어왔고, 그 후로도 계속 맨발이었다.

다리 밑에서 본
나쁜 사람들

　이곳 개울 다리 밑에 오니 한숨 돌릴 수 있게 되었다. 우선 머리 위로 총알이 날아다니지 않고, 폭탄도 터지지 않고, 불이 나지도 않으니 살 것 같았다. 그래도 의정부 시내 쪽은 벌건 불바다이다.

　다리 밑에서 어떤 가족이 지게를 지고 물건을 지어다 내려놓고는 다시 나가곤 했다. 우리는 할 일도 없고 만날 사람도 없으니 그냥 둘이 그 사람들 옆에서 멍하니 구경을 하였다. 좀 나이 지긋한 아저씨가 젊은 사람들한테 "누구네 집에 가서 ○○ 가져오너라.", "너는 누구네 집에 가서 ○○ 가져오너라." 하며 그런 혼란 중에서도 지게를 지고 남의 집 물건을 훔쳐오고 있었다. 총알이 날아다니고 폭탄이 터지는 그 와중에도 지게로 남의 집 물건을 훔치던 그 모습을 보며 참 나쁜 사람들이라고 생각했다.

그 가족들은 다리 밑에 쌓아 놓은 짐이 어지간히 많아졌지만, 바쁘게 다시 빈 지게를 지고 가서 한가득씩 지고 왔다.

우리가 있는 물 건너편에는 인민군들이 총을 메고, 5열인지 8열인지 열을 맞춰 끊임없이 서울을 향하여 아무 말도 없이 조용히 걸어간다. 의정부 시내는 온통 시뻘건 불이 타오르고 '펑, 펑' 폭탄 터지는 소리, '탕, 탕, 탕' 총소리가 계속 들렸다. 그동안 씩씩했던 작은오빠도 이때는 정말로 막막했는지 울고 있었고, 엄마를 잃어버린 후 늘 울고 있던 나도 옆에서 겁에 질려 울었다.

그렇게 작은오빠와 내가 나쁜 사람들을 구경하며 울고 있는데, 지나가던 어떤 젊은 청년이 다가오더니 왜 우느냐고 묻는다. 작은오빠가 엄마, 아버지를 잃어버렸다고 했더니 자기랑 같이 가자고 한다. 그 젊은이를 따라서 개울 건너 어느 집으로 갔다. 그 집에는 이미 많은 사람들이 있었다. 그 젊은이의 친척 집인 듯했다. 밤이 깊어졌는데 껍질을 까지 않고 찐 감자를 한 소쿠리 주어 방에 있던 여러 사람이 나누어 먹었다. 허기진 배를 채워 준 그 집 주인이 고마웠다. 그 집은 그 개울에서 얼마 떨어지지 않은 곳에 있었고, 송산리라고 했다. 이렇게 무섭고, 떨리고, 그냥 길거리에서 죽었다고 해도 하나도 이상할 것이 없었던 28일의 밤은 감자를 먹으며, 총소리를 멀리 들으며, 많은 사람들 속에 끼어 지나갔다.

6월 29일 아침에 일찍 일어났다. 어젯밤 방 안 가득히 있던 사람들도 벌써 다 일어나 돌아갔는지 보이지 않았다. 어제 무섭게 불타던 시내도 불이 사그라 들었고 '탕, 탕, 탕' 하는 소리, '쾅 쾅' 터지던 소리도 그쳤다. 작은오빠와 나는 그곳에서 나와 의정부 시내로 돌아왔다. 어제같이 무섭게 활활 번지지는 않았지만 시커멓게 불탄 곳곳에서 여전히 불이 타고 있다. 거리가 모두 시커멓다. 오빠와 나는 혹시 엄마를 만날까 하여 이곳저곳 정처 없이 돌아다녔다. 신발도 없이 어제 관수네 집에서 뛰쳐나온 그대로 맨발이었다.

우리 집을 가 보았다. 우리 집이고 이웃집이고 온통 시커먼 잿더미이다. 아직도 불길이 남아 있고 뜨거워 집터 안으로 들어갈 수도 없다. 우리가 이불 속에 같이 숨었던 관수네 집은 폭탄이 떨어져 커다란 웅덩이가 파여 있다. 폭탄이 몇 미터만 더 우리가 이불 속에 있던 방쪽으로 떨어졌다면 우리들은 그대로 재로 변할 뻔한 아찔한 순간이었다. 그 상황이 얼마나 다급했는지 관수도 엄마를 잃어버렸다며 엄마를 찾고 있었다. 얼마나 황급한 상황이었으면 같이 이불 속에 있던 엄마와 아들도 서로 잃어버렸을까?

오빠와 내가 엄마를 찾으러 이곳저곳 다니다 보면 곳곳에 불에 타서 새까맣게 탄 시신도 보였다. 여기저기 아직 꺼지지 않은 불씨들이 힘없이 타고 있다. 가는 연기도 난다. 찾아도 찾아도 잃어버린 엄마와 식구들은 찾을 수 없었지만 작은오빠와 나는 손을 잡고 불탄 거리를 하루 종일 헤매고 다녔다. 나는 이제 완전히 울보가 되었다. 작은오빠 손을 잡아도 울고, 아는 사람을 만나도 울고, 눈가에는 하도 울면서 비벼서 빨간 딱지가 까맣게 굳어졌다.

엄마를 찾아 헤매다 아는 사람을 만나면 엄마를 잃어버렸느냐며 데리고 가서 먹여 주고, 방에서 재워 주었다.

이렇게 이틀, 사흘이 지나니 의정부 시내에서 무섭게 타오르던 불도 다 꺼졌다. 작은오빠와 나는 불탄 우리 집 터에 다시 갔다. 다른 사람들도 시커멓게 불탄 자신의 집터에 나와 무언가를 찾고들 있다. 우리도 따라서 우리 집터를 뒤지니 솥이 두 개 나왔다. 둘이서 같이 열심히 꺼냈는데, 막상 꺼내 놓고 보니 가져갈 곳도 없다. 두 개를 겹쳐 쌓아 그냥 집터에 놓아두고 뒤돌아 나왔다. 며칠 후에 가 보니 그것마저 누가 가져가서 우리 집 집터는 새카만 재밭이 되어 아무것도 없었다.

불탄 거리를 정처 없이 다니다 끔찍한 장면을 보았다. 역전 근처였다. 불에 탄 새카만 시신이 하나 있었다. 반듯이 누워 무릎을 구부린 채였다. 그 위를 누군가가 양철판으로 가려 놓았다. 6월의 더운 날씨 탓인지 시신의 눈은 벌써 구더기가 우글우글! 나는 무섭고 징그러워 얼른 피하였다.

작은오빠와 나는 갈 곳이 아무 데도 없었다. 여전히 나는 울고 다녔다. 2살 위의 작은오빠는 남자라서 그런지 울지도 않고 나의 손을 잡고 불에 탄 거리를 헤매고 다녔다. 혹시라도 돌아다니다 보면 잃어버린 아버지, 엄마를 만날 수 있지 않을까 하는 생각뿐이었다.

의정부 거리 이곳저곳을 돌아다녔다. 모두 다 불에 타서 시커먼 잿더미의 불탄 냄새가 코를 찌른다. 거리를 울면서 가고 있는데, 어느 아주머니가 "아이쿠, 너희들 웬일이냐? 엄마 잃어버렸구나! 우리 집에 가자." 하며 부르신다. 우리는 그 아주머니가 누구인지도 모르는데 아마도 아버지, 엄마를 아시는 분으로 우리를 기억하셨나 보다. 아버지가 경찰관으로 계셨지만, 사람들한테 인심을 잃지 않으신 덕분이었다.

이렇게 얼굴도 모르는 댁에 갔다. 그분의 집은 시내에서 좀 떨어진 곳에 있어 불타지 않고 남아 있었다. 지금 그 댁의 식구들 이름은 생각나지 않지만 며칠 정도 그곳에서 먹고 자고 하였다. 그러나 그 아주머니 댁도 전쟁 중에 먹을 것도 없고, 두 명의 아이들을 데리고 있기에는 형편이 어려웠는지 다른 집으로 우리를 데려가서 보살펴 달라고 부탁하셨다. 그곳은 작은오빠랑 내가 아는 집이 아니라 먼저 우리를 보살펴 주셨던 아주머니가 아시는 이웃으로, 그 집 식구들은 우리를 전혀 모르는 분들이다. 우리는 또 이 집에서 또 며칠간 먹고 자고 하였다.

모르는 분들의 고마운 친절이 이어졌지만 그때에도 나는 여전히 매일같이 울며 눈물을 계속 닦아서 양쪽 눈 가장자리는 피부가 벗겨지고 딱지가 앉아 말라붙었다. 거지꼴의 우리 남매를 며칠씩 데리고 있다가 다음 집으로 인계하던 분들의 마음 씀씀이를 생각하면 고마움에 가슴이 따뜻해진다. 당시는 굳이 전쟁이 아니더라도 먹을 것, 입을 것도 부족했던 가난한 시절인데…. 친척도 아니고 심지어 알지도 못하는 아이들을, 그것도 둘씩이나 먹이고 재우며 며칠씩 데리고 있는 것은 결코 말처럼 쉬운 일이 아니었다.

어느 집에 머물 때의 일이 생각난다. 안채가 있고 작은오빠와 나는 한쪽으로 꺾인 툇마루가 있는 방에서 먹고 잤다. 그런데 그날,

음식을 잘못 먹었는지 설사가 났다. 너무나 배가 아프고 급해 화장실로 가려다가 옷에 묻히고 툇마루에 흘리고 말았다. 작은오빠가 마당에 있는 펌프에서 물을 퍼 올려 내 옷을 빨아 주었다. 그리고는 툇마루에 내가 싼 똥을 걸레를 빨아 가며 다 닦아 내었다.

나는 작은오빠가 그렇게 해 주는 게 고맙고 미안하면서도 아무 말도 하지 못했다.

친절한 분들의 집을 돌아다니며 얻어먹던 그 기간 동안에 잊을 수 없는 일은 한 가지 더 있다. 누구네 집에 기거할 때인지는 모르겠다. 아무튼 그 집에는 작은오빠 또래의 남자아이가 있었다. 작은오빠는 그 아이랑 같이 그 집에서 농사짓는 토마토밭에 일하러 나갔다. 그런데 어느 날, 오빠를 따라갔는데 토마토에 총알이 박혀 있었다. 물렁물렁한 토마토에 총알이 박혀 있어 작은오빠랑 신기해하던 일이 생각난다. 총알의 힘이 다하여 토마토를 뚫지 못하고 박혔을까? 그 집에서 딴 토마토를 작은오빠와 그 집 오빠가 같이 가지고 나가 길에서 팔기도 하였는데, 다 못 팔고 남겨 가지고 오기 일쑤였다고 한다.

우리는 한동안 이 집 저 집을 그렇게 돌아다니며 살 수 있었다. 나중에는 고등골에 있는 서○자네 집으로 가게 되었다. 서○자네는 우리가 월남하여 의정부에 처음 와서 셋방살이를 하던 집주인네였다. 우리가 보기에는 안정되고 부잣집으로 보였던 집이다. 서○자는 나와 같은 초등학교 3학년을 같이 다녔다. 그 집도 시내에 있던 집은 불타고 고등골에 살고 있었다. 서○자 어머니는 우리 엄마보다는 연세가 더 드셨고, 차갑고, 뭔가 가까이하기에는 거리감을 주는 분이었다. 우리가 찾아가서 부탁하였는지 아니면 먼저 머물던 집에서 데려가 인계하였는지는 지금 기억이 나지 않는다.

하룻밤을 자고 서○자 어머니가 더는 있을 수 없다고 말하여 그 집을 나왔다. 다음 집으로 데려다주는 인계도 거기서 끝이 났다. 서○자네 집을 나오니 이제는 정말로 갈 곳이 없어 막막했다. 작은오빠와 둘이서 "이젠 우리 어디로 갈까?" 하고 둘이 한참을 생각하다가 한집이 떠올랐다. 승보네다. 승보네는 큰오빠 정도의 남자아이가 있는집이다. 이북에서 월남할 때 같은 배를 타고 월남하였으며, 6.25 전쟁이 나기 전에는 아버지, 엄마랑 아주 가까이 지내던 집이다.

작은오빠와 나는 그 집을 찾아갔다. 지대가 좀 높고 지은 지 오래되지 않은 집으로, 시내에서 좀 떨어져 있어 불에 타지 않았다. 그 집으로 들어갔다. 마침 승보 어머니가 보였다. 우리는 무척이나 반가웠다. "우리 엄마, 아버지를 잃어버렸어요. 여기서 좀 있게 해주세요." 하고 말하였다. 승보 어머니는 좋다, 싫다 말씀도 없이 가만히 있어 우리는 안심하였다. 그동안 경험으로 반겨 맞아 주는 집은 별로 없었기에 내쫓지 않으면 다행이다 정도로 살아온 형편이었으니 말이다. 우리는 일단 안심하고 좀 높은 툇마루에 걸터앉아 있었다.

그런데 그때, 승보 할아버지가 밖에서 오시더니 "안 돼. 안 된다! 경찰관 자식을 우리 집에 들이면 큰일 난다." 하시며 우리더러 나가라고 호통을 치신다. 그때까지만 해도 우리는 불타 버린 우리 집에서 나온 후 친절한 분들 덕에 누군가의 집 안에서 잤지 집 밖에서 잔 적은 한 번도 없던 터였다. 그래서 우리는 승보 할아버지한테 밥은 안 주셔도 되니 여기서 잠만 자게 해 달라고 애걸하였다. "방에 안 들어가도 돼요. 여기 마루에서 자게 해 주세요." 하며 울며 부탁하였다. 승보 어머니는 부엌문 앞에 가만히 서 있고, 할아버지는 점점 더 거칠게 우리를 내쫓으신다. 날은 이미 어두워졌다. 밝을 때 승보네 들어갔는데, 어두워졌으니 아마도 시간이 꽤 지났나 보다. 작은오빠랑 내가 울면서 매달렸지만 그 할아버지가 점점 더 호되게 야단쳐서 할 수 없이 그 집을 나왔고, 나오자마자 대문을 잠그었다.

승보네 집에서 쫓겨 나왔다. 작은오빠와 나는 "우리는 이제 어디로 가서 자야 할까?". 날은 이미 어두워졌다. 여름 한 철에 날이 어두웠으니 시간이 밤 9시에 가깝지 않을까 생각된다. 어디서 자야 하나? 막막하고 무서웠다.

승보네 집에서 곧장 나와 조금 걸으니 좀 떨어진 곳에 돼지우리가 있었다. 새로 지어서 새 짚을 잔뜩 넣어 놓았다. 작은오빠와 나는 그 돼지우리로 들어갔다.

하루 종일 굶었지만 너무 무서워서 배고픈 줄도 몰랐다. 작은오빠와 나는 새 짚을 헤집고 누웠다. 그런데 의외로 그 돼지우리가 편안하고 따뜻하여 잘 잤다. 그날 밤, 그새 돼지우리가 없었다면 우리는 얼마나 울고 다니며 무서워했을까?

지금도 승보 할아버지를 생각하면 인간의 두 얼굴이 떠올라서 씁쓸하다. 6.25 전쟁이 일어나기 불과 얼마 전까지도 우리 집에도 자주 다니고, 우리 엄마와 아버지가 잘해 주던 집이었는데…. 경찰관 자식이라 하룻밤 잠도 재워 줄 수 없다며 내쫓던 모습이…. 방에 안 들어가고 툇마루에서 하룻밤만 자게만 해 달라고 울며 사정했는데, 승보네 집에 가기 전까지 여러 집에서 신세를 지었지만, 경찰관 자식이라고 냉대를 받아 본 적은 없었다. 지금쯤은 그 할아버지도 승보 부모님도 모두 저세상 사람이고, 승보가 살아 있었다면 큰오빠 나이 정도 되어 있겠지….

하룻밤을 재워 준 돼지우리야, 고맙다. 무서운 밤에 따뜻하게 재워 줘서….

목순이 언니를
만나다

돼지우리에서 하룻밤을 자고 나왔다. 아침이 되었으나 우리는 이제 갈 곳이 정말 아무 데도 없다. 날은 흐리고 비까지 부슬부슬 온다.

"작은오빠야, 우리 양주국민학교에 가 보자."

딱히 갈 곳도 없으니 둘이 양주국민학교에 갔다. 넓은 운동장에는 사람 그림자도 없고 교실은 텅텅 비어 조용했다. 작은오빠와 나는 운동장을 한 바퀴 돌고 학교를 나왔다.

교문을 나오면 양옆으로 밭이 있고, 곧게 길이 나 있었다. 나는 엄마를 잃어버린 그때부터 매일 울고 다녔고, 그날도 역시 눈물을 닦으며 걷고 있었다. 작은오빠는 남자라 그런지 아니면 동생이 있어 그런지 그날도 씩씩하게 울지 않는다.

비는 부슬부슬 내리고, 갈 곳은 없고, 엄마와 아버지는 보고 싶고…. 울며 걷고 있는데, 그 길이 거의 끝날 즈음에 어느 처음 보는 처녀가 다가와서 물어본다.

"너희들, 왜 우니?"

"엄마, 아버지를 잃어버렸어요."

"아유, 가여워라. 이리 와."

이렇게 말하며 우리를 데리고 어디론가 간다. 우리는 딱히 갈 데도 없었던 터라 그 언니를 따라갔다.

그 당시 의정부 시내는 폭격으로 다 타 버렸는데, 신기하게도 주택이 여섯 채인지 몇 채가 남아 있었다. 그중에 하나가 양주국민학교 앞에 있는 큰 기와집이었다. 대략 열일곱에서 열여덟 정도로 보이는 그 언니를 따라 큰 기와집 안으로 들어가니, 그곳은 30~40명 정도의 인민군들이 쓰고 있었다. 그 처녀는 우리를 데리고 들어가더니 그곳의 사람들에게 자기는 애네들 집에서 일하던 사람인데, 애들이 엄마, 아버지를 잃어버려 데려왔다고 말하는 것이다. 우리는 사실 조금 전에 길에서 만났는데…. 그렇게 거짓말을 하는 것을 보고 깜짝 놀랐지만 그렇다고 그게 아니라고 나설 형편이 아니었다.

같이 있던 언니들이 "어머나, 불쌍하다." 하고 동정 어린 눈빛으로 쳐다본다. 그 언니 이름이 복순이였는데, 우리 남매에게는 구세

주나 마찬가지였다. 그 언니는 배고프겠다며 밥을 차려 주었다. 이틀 정도 한 끼도 먹지 못한 우리는 오랜만에 맛있는 밥을 배불리 먹었다. 복순이 언니가 누구에게 말하여 허락을 받았는지, 여기서 자기랑 같이 있자고 하였다. 이제는 잠을 잘 곳이 생겼고, 밥도 먹을 수 있게 되었으니 마음이 놓였다. 복순이 언니는 그곳에서 인민군들에게 밥을 해 주는 일을 하고 있었다.

친절했던
인민군 아저씨

그 큰 기와집에는 인민군들이 많이 있었다. 안방, 마루, 건넛방, 문간방들에 인민군 병사들이 수십 명 있었다. 그들 중에서 높은 사람(계급이 무엇인지는 당시에 전혀 몰랐고 지금도 모른다)은 건넛방을 혼자 사용하고 있었는데, 아주 인자하게 생겼다. 우리가 경찰관 자식이라는 사실은 별로 숨길 생각 없이 얘기하여 모두 알고 있었다.

그 계급이 높은 인민군 책임자는 나를 자기 방에서 데리고 자며 마치 딸처럼 대해 주었다. 지금도 그 아저씨가 귀여워해 주던 것이 느껴진다. 그 아저씨는 저녁때 시간이 나면 총을 소제하곤 했는데, 어느 날 총을 소제하면서 "정자야, 이다음에 아버지, 엄마 만나면 아버지는 경찰관이라 안 되어 총으로 쏴 죽여야 하고 엄마랑 잘 살아야 한다." 하고 끔찍한 말씀을 하시는데, 하나도 무섭게 느껴지지

않을 정도로 따뜻하게 말씀하시던 모습이 떠오른다.

나를 얼마나 예뻐했는지 차를 타고 이곳저곳을 갈 때면 나를 늘 옆에 태우고 다녔다. 과수원도 가고… 밭에도 가고…. 같이 나갔다 오면 저녁은 맛있는 쇠고기며… 반찬이며…. 원래도 고기를 좋아하지 않던 나는 그때도 쇠고기가 물려 잘 먹지 않았다. 사과도 지천으로 먹고 포도도 지천으로 먹었다. 아마도 인민군들이 마구 민간인 것을 빼앗아 왔을 터인데…. 나는 그 사정도 모르고 실컷 먹으며 인민군 아저씨의 사랑을 받으며 평안한 나날을 보냈다. 그 계급이 높은 인민군 아저씨는 나는 유난히 예뻐하였건만 작은오빠는 데리고 다니지 않았다. 작은오빠는 졸병들하고 같은 방에서 줄곧 지냈다.

지금 생각하여도 죽는 날까지 고마운 사람이다. 그때 나는 신발도 없는 맨발에, 여름의 더위는 심해지는데 6월 25일 집에서 뛰쳐나올 때 입었던 옷 한 벌을 계속 입었으니 냄새도 많이 났을 것이다. 그 아저씨는 제대로 씻지도 못하고 머리도 못 깎고 지내는, 말 그대로 거지꼴의 불쌍한 아홉 살의 여자아이를 예쁘다며 사랑해 준 인간미가 넘치는 사람이었다. 그 아저씨가 나를 예뻐하며 데리고 다니니 인민군 졸병들은 불평을 하였다. 경찰관 자식을 왜 돌봐 주고 있느냐며…. 마당에서 군화를 닦으며 졸병들이 이런 얘기를 자기들끼리 하는 것을 나도 몇 번 들었다.

요즘 가끔씩 어린이 성추행 사건이 신문에 나는 것을 보면서 정말로 그 인민군 아저씨는 나를 예뻐하던 착한 사람이었구나 하는 생각이 든다. 나를 한시도 떼어 놓지 않고 데리고 다닌 이유도 혹시나 모를 병사들의 못된 행동을 걱정해서가 아니었나 싶다. 우리를 데려간 복순이 언니도 잊을 수가 없고, 작은오빠를 돌봐 준 인민군 졸병들도 고맙기 그지없다.

매일매일이 편안하고 즐거웠다. 이때는 울지도 않았다. 아저씨가 예쁘다고 안아 주고, 차를 태우고 같이 나갔다가 오고, 맛있는 식사며 과일이며 주어서 배도 고프지 않았다. 엄마, 아버지 생각이 나도 이제는 울지 않았다.

인민군 아저씨는 정말로 고마운 분이었지만, 어린아이의 눈에도 인민군 치하의 세상은 좋아 보이지 않았다. 의정부는 조용하고 평화로운 곳이었는데, 세상이 뒤집히니 많이 시끄러워졌다. 평범한 옷을 입었지만 팔뚝에 완장을 차고 다니는 사람들이 많아졌다. 그리고 여성동맹위원이라는 휘장을 어깨에 두르고 마이크를 들고 거리에서 떠드는 여자들도 많았다. 아무튼 날도 더운데 거리가 매일같이 시끌시끌하였다.

저녁을 먹고 나면 동네 사람들을 모이라고 한다. 거의 매일 모이라고 한다. 그러면 작은오빠와 나는 우리가 묵는 집 아주머니와 아저씨와 함께 간다.

완장을 찬 아저씨나 가슴에 띠를 두른 아주머니가 나와서 큰 소리로 연설을 하고 나면 사람들이 박수를 막 치고, 그다음은 노래를 가르친다. "백두산 줄기줄기 피어린 자국⋯"으로 시작하여 "김일성 장군"으로 끝나는 노래의 가사가 아직까지도 기억이 날 정도다. 억지로 모인 아저씨와 아주머니들은 지겨워하시는 모습이 내 눈에도 보일 정도였지만, 무슨 화를 입을까 무서워 매일같이 모여서 연설을 듣고 노래를 부르곤 하였다.

착한 이웃들의 보살핌으로 그럭저럭 지내는 가운데 어느 날부터인가 국군 비행기가 뜨기 시작하였다.

"에―에―엥, 에―에―엥" 하고 사이렌이 울리기 무섭게 "쒜엑, 쒜에엥" 하고 귀청을 찢는 소리를 내며 비행기가 금세 머리 위를 지나간다. 지나갔나 싶으면 휙 되돌아 다시 머리 위를 얕게 지나간다. 그러면 당장 머리 위에 비행기에서 총알이 날아올 것만 같다.

이 쌕쌕이 비행기가 한 대만 오는 것이 아니라 두 대도 오고, 또 어떤 때에는 네 대도 날아온다.

정말 무섭다. 당장 폭격을 당할 것 같다.

나랑 작은오빠는 손을 잡고 잽싸게 뛴다. 길을 가던 어른들도 길가에 있는 얕은 도랑에 엎드려 숨거나 집 담벼락에 붙어 있기도 한다. 우리는 이 비행기를 쌕쌕이라 불렀다.

이 사이렌 소리를 들으면 온몸이 굳고 머리칼이 쭈뼛 설 정도로 무서웠다. 그 후유증은 전쟁이 끝나고도 몇십 년 동안 이어져 소방차 사이렌 소리에도 가슴이 두근거리고, 두려움이 밀려오곤 하였다. 나이 40이 지나서야 없어졌다.

그런가 하면 하늘 저 높이 흰 구름 꼬리를 만들며 날아가는 비행기도 자주 보였다. 우선 높이 날아가고, 당장 우리에게 위협을 주지 않아 무섭지는 않았다. 우리들은 그 비행기를 B29라 불렀다.

쌕쌕이와 B29의 출현이 잦아지더니 인민군 아저씨들과의 편안한 날도 그만 끝나게 되었다. 어느 날, 아저씨가 나를 무릎에 앉히더니 "이제 나는 전쟁하러 나가야 되니, 정자야, 너는 엄마 만나서 잘 살아야 된다." 하시는 것이다. 그 말을 들은 내가 어떤 얼굴로 어떤 말을 하였는지는 생각이 나지 않는다. 하지만 그동안 정이 듬뿍 들었으니 슬픈 얼굴을 하지 않았을까? 그때가 아마 낙동강 전투가 시작될 때가 아닌가 생각된다. 포도도 한참 제철을 넘길 때니까….

전쟁터에 나가며 우리 남매를 위하여 복순이 언니에게 쌀 두 가마니를 주었다고 한다. 우리들이 엄마를 만날 때까지 잘 데리고 있으라고…. 이렇게 하여 그 아저씨와 슬픈 이별을 하였다. 그 인민군 아저씨는 혹시 나 같은 아홉 살 딸을 두고 있는 아이의 아빠였을까? 아니면 그냥 인간미가 넘치는 아저씨였을까? 인민군이라고 세상 사람들이 다 욕을 하여도 나를… 그것도 당시 인민군이 증오하던 경찰관의 딸, 신발도 못 신고 다니던 거지꼴의 아홉 살 여자아이를 끔찍하게 사랑해 주던 그 아저씨는 나의 평생의 은인이다. 아마도 낙동강 전투에서 돌아가셨을 것이다. 명복을 빈다.

포도 철이 끝나갈 즈음 그 인민군 아저씨는 떠났고, 복순이 언니는 우리 남매를 데리고 친구인 현숙이 언니 집으로 갔다. 현숙이 언니는 복순이 언니하고 친구 사이였고, 그 집에는 현숙이 언니, 어머니, 남동생이 같이 살고 있었다.

현숙이 언니의 어머니는 특별히 감정 표현을 하는 법 없이 아주 조용하고 평범한 어머니였다. 우리 남매를 데리고 있으면서 특별히 싫어하시는 내색도 없고, 그렇다고 밝은 모습으로 우리를 대하지도 않으신 분이었다. 복순이 언니는 쌀 두 가마니를 받아 가지고 나와서 한 가마니는 팔아서 자기가 가지고, 쌀 한 가마니는 현숙이 언니 집에 주면서 우리를 맡겼다고 한다. 그래도 복순이 언니가 우리를 내치지 않고 쌀 한 가마니를 주며 맡긴 건 무척 고마운 일이었다.

쌀 두 가마니를 몰래 챙기고 내친들 우리가 어쩔 수 있는 나이나 상황도 아닌데….

현숙이 언니네 집에 있을 때 생각나는 건 현숙이 언니랑 남동생이 싸울 때, 남동생이 욕할 때 꼭 쓰던 말이다. 마구 말싸움을 하다가 남동생은 화가 나면 현숙이 언니에게 "시집가서 부자가 될 년" 하고 소리치는 것이었다. 아마도 현숙이 언니는 나중에 정녕 부잣집에 시집가서 잘 살았을 것이라는 생각이 든다.

복순이 언니는 며칠 동안 우리랑 같이 현숙이 언니 집에 있더니, 서울로 혼자 갔다가 가끔씩 내려오기도 했다. 그런데 얼마 지나니까 내려오지 않고 우리에게 심부름을 시키기 시작했다. 복순이 언니의 옷을 현숙이 언니의 어머니가 빨아서 손질하면 그것을 가지고 서울로 오라는 것이다.

아침 일찍 새벽에 현숙이 언니 어머니가 해 주신 밥을 먹고 나서 작은오빠와 나는 복순이 언니 옷을 싼 보따리를 들고 언니가 일하고 있다는 서울 명동에 있는 남산국민학교로 걸어가기 시작했다. 현숙이 언니 집은 의정부 시내에서 약간 떨어진 곳에 있었다. 그때 정확한 날짜는 모르지만 대략 7월 말이나 8월 초 정도라 한참 더울 때였는데, 물통이나 도시락도 없었다. 현재 도로를 기준으로 의정부 경찰서에서 명동의 남산초등학교까지 네이버 지도의 길을 따라 걸으면 24km 정도인데, 당시는 도봉산 밑의 길을 따라서 걷느라 더 돌아서 갔기 때문에 대략 30km 정도가 아니었을까 싶다.

당시에는 거리가 얼마인지도 몰랐고, 딱히 알려고 하지도 않고 그냥 하염없이 맨발로 타박타박 걸었다. 작은오빠가 멀리 보이는 도봉산을 보며 그쪽으로 길을 걷다가 미아리 고개가 멀리 보이면 그쪽으로 걷는 식으로 길을 찾았고, 나는 오빠 손을 잡고 따라갔다. 의정부에서 미아리 고개까지 가는 길은 마을도 거의 없고, 길 양편으로는 논과 밭이 이어져 쉴 나무 그늘조차 거의 없었다. 한여름의 뙤약볕을 그대로 온몸에 맞으며 우리는 그저 맨발로 타박타박 걸었다. 모자는 언감생심이고, 먹을 물조차 없이 걸었다.

얼마나 시간이 흘렀을까? 아주 한참을 걷다 보니 저 멀리 붉은 미아리 고개가 보인다. 당시의 미아리 고개는 지금과는 달리 경사가 아주 높았고, 길은 붉은 황톳길로 저 멀리까지 길게 뻗어 있었다. 마치 동화책『토끼와 거북이의 경주』속 그림에 나오는 듯한 높은 고갯마루다. 동화에 나오는 그림처럼 고개 위에는 왼쪽으로(의정부에서 서울 방향으로 볼 때) 큰 나무도 있었다. 왼쪽으로는 숲과 나무가 이어져 있고, 오른쪽은 잘못하면 길에서 굴러떨어질 위험이 있을 정도로 뚝 끊어져 있었다. 미아리 고개가 나오면 "아… 이제 서

울도 멀지 않겠지?" 하는 기쁜 생각이 들었지만, 험준한 고개를 보면서 저기를 어떻게 넘나 하는 한숨이 나왔다.

어느 날, 나는 미아리 고개를 오르다가 못에 왼쪽 발뒤꿈치를 찔려 피가 철철 났다. 너무너무 아팠지만 치료할 도구도 없고, 뒤꿈치를 싸맬 손수건도 없다, 그냥 왼발 뒤꿈치를 들고 절뚝거리며 작은오빠 손을 잡고 미아리 고개를 걸어 올라갔다. 어느 정도 걸으니 피는 저절로 멈췄다.

새벽에 아침밥을 먹고 나온 후 아무것도 못 먹고 계속 걸어온 터라 미아리 고개 위에 오르니 배가 몹시 고팠다. 그때가 아마 오후 네 시에서 다섯 시 정도가 아니었을까 싶다. 고개 위에서는 장사꾼들이 떡과 찐 고구마를 팔고 있었지만 사 먹을 돈은 땡전 한 푼 없으니 그대로 굶는 수밖에 없었다. 파는 음식들을 보면서 얼마나 먹고 싶었던지….

발이 아파 쩔쩔매며 걷고 있는데, 언제부터인가 작은오빠보다 네다섯 살 정도 많아 보이는 오빠가 서울 방향으로 같이 걷게 되었다. 그 오빠는 아주 명랑하였다.
"너희들 어디 가니?"
"우리 서울 가요." 하니 "너 발이 많이 아프겠구나." 하며 따뜻한 말을 건넨다. 그러더니 하얀 보자기에서 길쭉하게 싼 것을 풀더니 흰 백설기 떡을 꺼내어 우리에게 한 덩어리씩 뚝 떼어 주며 먹으라고 한다. 배가 정말 고팠는데, 얼마나 고맙고 맛이 있던지… 잊혀지지 않는 오빠이다. 앉아서 떡을 다 먹고 나니 "자, 가자." 하며 일어선다. 내가 발이 아파 천천히 걸으니 그 오빠는 기운차고 신나게 바람처럼 빨리 먼저 걸어가 사라졌다.

작은오빠는 미아리 고개까지는 길을 잘 찾았지만, 고개를 넘고 나서는 서울 지리를 전혀 모르니 길에서 만나는 사람들에게 남산국민학교로 가는 길을 물었다. 사람들의 설명을 열심히 들어도 서울은 역시 복잡하여 명동으로 가는 길에 몇 번이나 길을 잃었지만, 마침내 명동에 있는 남산국민학교에 도착하였다. 그곳도 역시 인민군들이 주둔하고 있었는데, 복순이 언니는 거기서도 식당에서 밥 해주는 일을 하고 있었다. 새벽에 지어 주는 밥을 먹고 일찍 출발하여 해가 뉘엿뉘엿할 때 도착했으니 아마도 열두 시간은 족히 걸었던 것 같다.

작은오빠랑 둘이 남산국민학교 현관에 들어가서 복순이 언니를 찾으니 그 언니 또래의 처녀들이 여러 명 있었다. 복순이 언니가 보여 반가운 마음에 달려가 옷 가져왔다고 보따리를 내놓으니 느닷없이 왜 이렇게 늦게 왔냐고 소리를 지르면서 나랑 오빠의 뺨을 후려

치는 것이 아닌가! 우리는 한여름의 무더위 속에 거의 아무것도 먹지 못하면서 쉬지도 않고 하루 종일 부지런히 걸어왔는데…. 그렇게 때려도 우리는 억울하다는 말 한마디 못 하고 놀란 눈을 깜빡이며 그저 맞고 있을 수밖에 없었다. 다른 언니들이 "아이들에게 왜 그러냐?"며 복순이 언니를 급히 말렸다. 복순이 언니는 뺨을 때리면서 분이 풀렸는지 우리를 학교 뒤편의 숙직실에 데리고 가서 저녁을 주었다. 저녁으로 밥과 단무지를 주는데, 단무지의 그 짙은 노란색과 향이 지금도 코끝에 쩡할 정도로 기억에 남는다. 숙직실 뒤로는 산이 보였는데, 그 산이 남산이라는 건 나중에 알았다.

저녁을 먹고 그 숙직실에서 자고, 다음 날 새벽이 되면 쉴 틈도 없이 다시 출발하여 의정부로 되돌아오는 길을 걸었다. 이상하게도 남산국민학교에서 의정부로 향할 때에는 미아리 고개가 높게 느껴지지도 않고 멀게 느껴지지도 않았다. 당시에는 어려서 전혀 몰랐지만 이 책을 쓰면서 알아보니 미아리 고개는 의정부보다 서울에 훨씬 더 가까운 곳에 위치해 있다. 남산국민학교에서 미아리 고개까지의 거리가 7km 정도이고, 미아리 고개에서 의정부에 있는 현숙이 언니 집까지의 거리가 23km 정도였다. 또 작은오빠 말로는 미아리 고개가 서울 쪽은 경사가 심하지 않았다고 한다.

이후에도 우리 남매는 의정부와 명동의 남산국민학교 사이를 한

여름의 이글거리는 무더위에 물도, 먹을 것도 없이 하루에 열두 시간 정도씩 맨발로 걸어 복순이 언니의 옷 배달 심부름을 몇 번 더했다. 어느 날 단 한 번이라도 미아리 고개에서 파는 고구마나 떡을 먹어 봤으면 그 심부름을 가는 길이 얼마나 즐겁고 행복했을까?

의정부 쪽에서 바라보던 붉고 높은 미아리 고개는 내 마음에 남아 있는, 가장 슬프고 높은 고개이다.

현숙이 언니네 집에서의 생활도 그리 오래가지는 못했다. 쌀 한 가마니의 효력이 떨어질 때가 왔을 것이다. 일하던 남산국민학교에서 인민군이 다 떠나서인지 아니면 그 일자리에서 잘렸는지, 아무튼 복순이 언니가 다시 현숙이 언니네 집으로 왔다. 며칠을 같이 지내더니 우리를 데리고 나왔다.

우리는 오로지 복순이 언니만 믿고 따랐다. 복순이 언니가 남산국민학교에 우리가 심부름 갔을 때 자기 옷을 늦게 가지고 왔다며 뺨을 때리고 야단도 쳤지만, 그래도 그 언니보다 우리를 더 돌보아주는 이는 세상 어디에도 없었다.

복순이 언니는 우리를 데리고 서울로 왔다. 서울에 와서는 우리 둘을 데리고 파출소 비슷해 보이는 곳으로 들어간다. 인민군 치하에서 경찰이 근무했을 리가 없으니 정확히 무슨 관공서에 들어갔는지는 모르겠다. 그리고는 자기는 우리의 집에서 일하고 살아왔는데, 이 아이들의 부모가 없어서 자기가 데리고 있다며 도와 달라고 이야기를 한다. 그러면 그곳 사람들이 안 되었다고 하며 돈을 준다. 그러면 나와서 먹을 것을 챙겨 주고, 밤이면 잘 곳도 챙겨 주며 같이 생활하였다.

다른 곳에 가면 말을 바꾸어 "길에서 애네들을 만났는데 불쌍해서 데리고 왔으니 좀 도와 달라"고 하면 그 당시 사람들의 인심이 좋았는지 아니면 복순이 언니가 기특해 보였는지 또 돈을 준다. 이러한 생활을 한동안 하였다.

그러더니 어느 날, 우리더러 이렇게는 더 안 되겠다고 하고는 헤어지자며, 지금의 파출소 격인 보안소로 우리를 데리고 들어갔다.

보안소 안에는 몇 사람이 있었고, 복순이 언니는 거기 있는 사람에게 "애네들이 엄마를 잃어버려 길에서 울고 있어 데려왔어요." 하며 우리를 그냥 보안소에 맡기고는 뒤돌아 나갔다. 작은오빠와 나는 아무 말도 못 하고 그저 눈물만 흘리고 서 있었다.

보안소에 몇 시간 있으니 트럭이 왔다. 그 트럭에는 벌써 여러 명의 아이들이 타고 있었다. 우리더러 타라고 하여 트럭에 탔다. 그리고는 한참을 달리더니 어느 곳에 오더니 모두 내리라고 하여 내렸다. 모두 내려 들어간 곳이 시립아동보호소라는 곳이었디.

시립아동보호소라는 이름은 크게 쓰여 있어 알지만, 위치는 어디인지 모르겠다.

그곳은 잠자리도 좋고, 밥도 반찬도 좋았다.

마당에서는 아이들이 뛰어놀고, 분위기도 아주 활기가 있었다. 복순이 언니와 헤어졌지만 이렇게 살다가 엄마를 만나면 참 좋겠다고 생각을 하였다.

그런데 사흘 밤을 자고 나니 또 트럭에 타라고 한다. 우리 말고도 십여 명 넘게 같이 탔다.

한참을 달리더니 우리 모두를 내려놓고는 트럭은 되돌아갔다.

우리가 간 곳은 돈암동 한성여자고등학교 근처에 있는 고아원인데, '삼성 아동보호소'인지 '삼성 보육원'인지 이름은 정확하게 기억나지 않는다. 아무튼 한성여자고등학교 밑, 약간은 고개 위쪽에 있었고, 절 같은 기와지붕이 있는 건물 한 채와 선생님들의 사무실과 고아원 아이들이 자고 생활하는 2층 건물이 있다. 마당은 넓고, 입구 근처에는 아카시아 나무와 큰 나무가 있었다. 여름이라 그런지 유난히 나무들이 푸르렀다.

고아원의 넓은 꽃밭에 가을에는 코스모스가 많이 피었고, 고아원을 나와 언덕에 오르면 돈암동 큰 길이 보이고, 고아원 정문을 나와 주택 길을 걸어 나오면 돈암동 시장이 나왔다.

시립아동보호소에서 먹을 것도 괜찮고 모든 것이 그럭저럭 좋아 고아원에 가도 괜찮을 것이라고 생각했던 것은 큰 착각이었다. 삼성 고아원에 오니 완전 딴판이었다. 전쟁통에 고아가 많아지니 인민군은 부모를 잃고 길에서 떠도는 아이들을 모두 고아원으로 보냈다고 한다. 고아원의 원아 수는 나날이 폭증하는데, 그에 대한 지원은 따르지 않으니 아이들을 먹여 살릴 방법이 없었다.

삼성 고아원에 오니 당장 먹는 것이 형편없었다. 아침, 점심, 저녁 세 끼가 다 멀건 죽이다. 다 먹고 숟가락을 내려놓은 직후에도 전혀 먹은 것 같은 느낌이 들지 않을 정도로 늘 배가 고팠다. 아이들은 고아원에 처음에 오면 마당도 있고 절의 대웅전 같은 건물도 좋아서 뛰어놀았다. 그러나 먹을 것이 없어 배가 고프고 기운이 떨어지다 보니 온 지 이틀만 지나면 뛰어노는 아이들이 없었다.

아침이면 고아원의 큰 남자아이들이 원장님과 함께 리어카에 물건을 싣고 나간다. 고아원 물건을 팔아 곡식을 사 온다고 하는데, 고아원에 무슨 팔 만한 물건이 있겠는가? 어느 날은 밀죽, 어느 날은 시레기죽…. 죽, 죽. 매 끼니가 죽이다. 나는 그래도 아홉 살이나 되어 건디어 내고 있었지만 네다섯 살의 어린 동생들은 나가서 풀도 뜯어 먹지 못하니 죽을 먹고 나면 절같이 생긴 한옥 건물 추녀 밑에서 벽에 기대고 앉아 햇볕을 쬐며 꾸벅꾸벅 졸기만 한다.

이 어린아이들은 얼굴이 부었다 내렸다 하고 배가 빵빵하게 부풀어 오른다.

그리고 얼굴색이 노랗다.

불쌍하게도 네다섯 살의 어린아이들은 몇 번 얼굴이 부었다 내렸다 하고 햇볕을 쬐며 졸며 지내다가 그만 세상을 떠난다.

어느 누구 하나 슬퍼해 주는 사람도 없었다. 큰 남자아이들과 선생님이 불쌍하게 세상을 떠난 이 아이들을 천으로 둘둘 말아 리어카에 싣고 나가는 일이 수시로 벌어졌다.

어느 날은 밀죽을 먹고 배탈이 났는지 몇몇 아이들이 마루로 된 복도에 설사를 했다. 설사를 치우고 나서도 설사에서 나온 소화가 안 된 밀알들이 마루 틈에 끼어 있었는데, 얼마나 배가 고팠던지 어린 동생들은 그 밀알을 꼬치로 파서 꺼내 먹었다. 지금은 그런 일을 과연 상상이나 할 수 있을까? 불과 몇 달 전에 아버지, 엄마와 가족들과 행복하게 살았던 아홉 살 여자아이의 눈앞에서 그런 일들이 너무나 당연한 듯이 벌어지고 있었다.

나도 정말 매일, 매시간 배가 고팠다. 무엇이든지 먹어 허기를 채워야만 했다.

고아원 마당에 있는 아카시아 나뭇잎을 따서 꼭꼭 씹어 먹었다. 고소한 맛이 난다. 토끼가 왜 아카시아 잎을 좋아하는지 알 것 같았다.

달개비 열매를 따서 먹었다. 닭똥집같이 반달형의 예쁜 잎 속에 씨앗이 들어 있다. 이것 역시 꼭꼭 씹으면 먹을 만하다.

명아주 잎도 뜯어 꼭꼭 씹으면 먹을 만했다.

아무리 그래도 허기진 배는 어쩔 수가 없다. 밤이 되었다. 몰래 일어나 화장실 뒷마당 옆에 있는 조그만 텃밭에 갔다. 거기에는 총각무가 자라고 있다. 달빛이 훤한 날에 밤에 살살 나가 총각무를 뽑아 그 옆에 있는 우물 물에 씻어 깨물어 먹는다. 얼마나 맛있고 시원하던지…. 그러다 보면 한쪽 옆으로 된장을 거르고 버린 된장 찌꺼기가 보인다. 그러면 그것을 손으로 찍어 먹어 본다. 된장 찌꺼기는 맛이 없어 그만두고 총각무가 맛이 좋아 몇 번 더 뽑아 먹고는 다음 날 선생님이 누가 뽑아 먹었느냐고 야단을 칠까 봐 가슴이 두 근두근하였다.

생선 지곱
도독질 시도

당시 고아원 생활에서 어려움을 꼽으라고 하면 단연 첫 번째로 배고픔이었다. 지금도 당시를 생각하면 먹은 것만 생각나지 무엇을 입었는지, 어떻게 생활했는지는 거의 기억이 나지 않는다. 배고픔을 해결하려고 아카시아 잎도, 달개비씨도, 총각무도 먹어 보았지만 일시적이었다. 아이들은 자꾸 밖으로 나가 돈암동 시장을 돌고 들어왔다. 선생님들은 고아원 밖으로 나가지 말라고 항상 말씀하시곤 했다.

너무 배가 고프니 어느 날 나도 용기를 내어 혼자 고아원에서 몰래 밖으로 나왔다. 무슨 용기가 났는지…. 주택가를 지나게 되었다. 마침 뻥튀기 옥수수 장수가 있었고, 불을 때며 기계를 돌린다. 앞에 서서 뚜껑 열리기만을 기다리다가 드디어 뻥 소리가 나면서 튀어나와 땅에 떨어진 옥수수를 주워 먹었다. 나 말고 다른 동네 아이들도 우르르 달려들어 집어 먹었다.

나는 다시 길을 내려와 돈암동 시장으로 갔다. 전쟁통이지만 시장은 역시 사람들이 꽤 많았다. 감이 한창때였다. 여기저기 감을 쌓아 놓고 팔고 있다. 감 가게 앞에 손님들이 감을 사서 까먹고 있으면 그 손님이 가기를 옆에서 기다린다. 그러다가 손님이 가면 얼른 감 껍질을 주워 먹고 이리저리 다니며 구경하였다.

그때, 어떤 아저씨가 목판을 흰 천으로 만든 어깨끈을 묶어 앞에 걸고 나마까시, 즉, 생과자 장사를 하고 있다. "나마까시요, 나마까시요! 맛 좋은 나마까시요!" 하며 소리치며 다닌다.

나는 목판에 가지런히 놓인 나마까시를 보니 침이 꼴깍꼴깍 목으로 넘어가 먹고 싶어 참을 수가 없었다. 옆으로 다가가서 목판과 끈 사이 옆으로 손을 쑤~욱 집어넣어 한 개를 몰래 꺼내려 하였다. 그런데 아저씨는 벌써 눈치를 채시고는 "떼엑!" 하는 게 아닌가. 나는 얼어붙어 꼼짝 못 하고 서 있는데, 아저씨는 크게 야단도 안 치시고 "떼엑!" 한 번 더 하시고는 그냥 가신다. 생전 처음 남의 물건을 훔치려다 걸렸는데 그 아저씨가 크게 야단을 치지 않은 것이 고마웠다. 그 사건 이후에는 아무리 배가 고파도 남의 물건에 손을 대지는 않았다.

삼성 고아원에 들어가서 배는 고팠지만, 그래도 같이 있는 아이들하고는 친하게 잘 지냈다. 다른 고아원에 가면 잘 먹고 지낸다는 이야기를 하는 친구들도 있고, 같이 그곳으로 도망가자는 친구들도 있었지만 나는 다른 고아원에 도망갈 엄두는 내지 못하였다.

그렇게 하루하루가 지나가던 중에 '쿵! 쿵!' 하는 대포 소리가 자주 들려오고, 총소리도 들리기 시작했다. 선생님은 우리에게 불을 끄고 가만히 있으라고 하며 한 방에 모아 놓았다. 우리는 대포 소리와 총소리가 무서워서 방 안에 틀어박혀 있었다. 그런데도 열일곱에서 열여덟 정도 되는 큰오빠들은 무섭지도 않은지 "남쪽 나라 십자성이 어머니 얼굴…" 하며 큰 소리로 노래를 부르며 텅 빈 이 층 교실을 왔다 갔다 하는 게 신기해 보였다.

그렇게 며칠을 숨죽이며 보냈다. 어느 날 날이 밝으니 한성여자고등학교 옆쪽 산등성이에 사람들이 많이 올라와서 태극기를 흔들며 애국가를 부른다. 이제 인민군이 물러가고 국군이 왔다고 한다. 우리 고아원 아이들은 어려서 그런지 아니면 배가 고파서 기운이 없어서 그런지 크게 환호하는 분위기는 아니었다. 그래도 남자아이들은 모두 밖으로 뛰어나갔다. 인민군이 사용하다 물러간 한성여자고등학교에 몰려갔다. 작은오빠도 그 무리를 따라 같이 나갔다가 왔다. 먹을 만한 것이 있으면 먹고 남겨진 물건 중 괜찮은 것은 들고 나와 돈암동 시장에 가지고 가서 팔았다고 한다.

어느 날은 작은오빠가 돈암동 시장에 가 물건을 팔아 생긴 돈으로 볶은 콩을 사 가지고 와서 먹는다. 나도 먹고 싶어 좀 달라고 하니 웬일인지 그날은 주지 않아서 참 섭섭하였다.

국군이 들어오고 여러 날이 지나자 이제는 먹을 것이 전보다 좋아졌다. 죽도 멀건 국물보다는 건더기가 많아졌다. 그리고 또 몇 날이 지나니 우유 가루도 간식으로 나누어 주었다. 반 컵 정도를 받아먹으면 입가에 허옇게 묻어도 상관없이 맛있게 먹었다.

이렇게 또 몇 날이 지나니 고아원에 부모님들이 찾아와서 한 사람, 한 사람씩 부모님을 만나 고아원을 나갔다. 얼마나 부러운지…. 작은오빠에게 말하였다. "오빠, 우리 의정부에 엄마, 아버지 찾으러 가자." 하니 오빠는 안 된다고 한다. 내 생각에는 의정부에 가면 엄마, 아버지를 만날 수 있을 것 같은데…. 오빠가 안 된다고 하니 나 혼자는 엄두가 나지 않아 그만 주저앉았다. 매일매일 부모님을 만나 고아원을 나가는 아이들이 그렇게 부러울 수가 없었다. 오빠는 당시 너무 배가 고프고 기운이 없어 의정부까지 걸어가다가는 길에서 쓰러져 죽을 것 같아 못 간다고 했단다.

3

엄마를 만나면서 시작된
즐거운 피난 생활

드디어
엄마를 만나다

계절은 이제 가을이 깊어갔다. 아침저녁에는 싸늘해져 한기를 느꼈다. 그 당시 옷을 어떻게 입었는지는 기억이 나지 않는다. 분명 6월 25일에 입고 나온 옷은 해지거나 얇은 여름옷이라 날씨가 추워지면서 뭔가 다른 것을 입었을 터인데, 오로지 먹은 것만 생각날 뿐 옷은 기억이 없다. 하지만 신발은 여전히 없이 맨발로 생활하였다.

고아원 마당에 코스모스도 다 지고 까만 씨가 여물었다. 선생님이랑 코스모스 씨를 받았다. 내일부터는 고아원에서 공부도 가르친단다. 우리는 신나게 교실을 청소하였다. 교과서도 나눠 주어 받았다. 빳빳한 새 책으로 국어, 산수 등 3학년 책을 받았다. 너무너무 좋았다. 공부를 할 수 있다니…. 나는 내 방에서 책들을 이것저것 들춰 보고 만져 보고 하며 '내일부터는 공부도 한다'고 좋아하고 있었다.

그러고 있는데, 방을 같이 쓰는 춘자라고 하는, 나보다는 키가 좀 큰 아이가 오더니 "정자야, 너네 엄마 왔어. 선생님 방으로 오래." 하는 얘기를 마치 아무 일도 아닌 것처럼 태연하게 얘기한다. 책을 받아 한껏 들떠 있었는데⋯. 순간 멍하며 꿈같이 들렸다. "뭐?" 하고 나는 다시 물었다.

"정말 너네 엄마가 왔어."

⋯⋯.

나는 들춰 보던 책을 내려놓고 정신없이 뛰어갔다.

정신없이 막 뛰어가니 선생님 앞에 정말로⋯ 정말로 엄마가 앉아 계신다.

"정자야!"

"엄마!"

와락 품에 달려들어 안겨 엉엉 울었다. 조금 있다가 작은오빠도 달려왔다. 엄마는 우리 둘을 꼭 안으시고 한참을 울었다. 엄마는 6월 25일 밤에 헤어질 때보다 얼굴이 좀 까맣게 타고 마르셨다.

엄마는 우리 둘을 데리고 고아원을 나섰다. 선생님께 고맙다는

인사를 하고 나서는데, 아까 엄마가 왔다고 알려 준 춘자가 "정자야, 잘 가. 너는 좋겠다." 하며 울면서 쫓아 나온다. 고아원 문을 나와 한참을 걸어도 춘자는 들어가지 않고 그냥 그 자리에 서 있다. 우리 엄마가 "너도 이제 엄마가 오실 거야." 하며 큰 소리로 위로하였다. 내 친구 춘자는 엄마를 만났을까? 마음이 짠하다.

우리와 헤어진 가족들도
죽을 고비를 넘기다

6월 25일날 밤에 우리를 잃어버리고 엄마는 마음이 얼마나 아프셨을까? 6월 25일날 밤에 정신없이 가다가 우리를 잃어버린 엄마도 창동 피난민 수용소에 오셨단다. 하룻밤 자고 6월 26일, 창동 광장에서 부모 잃은 아이들을 모아 놓고 부모를 찾아 준다는 방송을 듣고 달려가 아이들을 모아 놓은 곳에서 찾아도 없고, 줄을 선 아이들 사이를 아무리 헤집고 다니며 찾아도 우리가 보이지 않았다고 한다. 엄마와 우리는 같은 시간에 같은 장소에 있었지만, 작은오빠와 내가 그 줄에 서서 기다리다가 우영이네 어머니를 만나 같이 가자고 하여 그 아주머니를 따라가는 바람에 만나지 못했으니 참으로 가혹한 운명의 장난이었다. 그때는 우영이네 어머니의 고마운 호의가 몇 달간 우리에게 이어질 모진 고생의 시작이라는 사실을 전혀 알 수가 없었다.

엄마는 26일 오후까지 창동 수용소에서 우리를 찾다가 결국 저녁이 되었다. 아무래도 아이들이 다시 의정부로 돌아간 것 같아 큰오빠에게 동생들을 맡기고 우리를 찾으러 나섰다. 국군이 막아서도 우리 엄마는 애들 찾아야 한다며 뿌리치고 미아리 고개 가까이까지 갔지만 거기서부터는 총알이 날아다녀 도저히 안 되겠다 싶어다시 돌아왔다고 한다. 그날 밤에 수용소에서 경찰관 가족들은 따로 불러서 광화문에 있는 경기도청으로 보냈다. 전쟁터에서 돌아와경기도청에서 가족들과 재회한 아버지는 너무 기가 막히셨다고 한다. 집에 있는 귀중품도, 돈도, 시계도 아무것도 안 가지고 빈손으로 왔으면서 애들까지 잃어버렸냐고… 아버지는 6월 25일 새벽 동두천 전투에 나갔다가 돌아온 뒤라 군인 철모에 경찰 옷을 입고 계셨다고 한다. 다음 날, 27일 낮 동안은 경기도청에서 피난민에게 주는 밥을 먹고 지내다가 밤늦게 경찰 가족은 트럭에 태워 남쪽으로보냈다고 한다.

작은오빠와 나는 28일 밤에 폭탄이 터지고 총알이 미친 듯이 날아다니는 의정부 불바다에서 삶과 죽음의 기로를 겁에 질려 뛰어다녔지만, 헤어진 우리 식구들의 처지도 우리보다 별로 낫지는 않았다. 우리와 헤어진 식구들은 작은오빠와 내가 죽음에 직면했던 28일 밤보다 하루 전인 27일 밤에 어느새 눈앞으로 덮쳐 오는 처절한죽음의 그림자에서 도망치려고 몸부림을 쳐야 했다. 당시 열네 살이던 큰오빠가 체험한 이야기이다.

그곳에서 27일 밤 나누어 주는 쌀과 냄비 등을 갖고 경찰 가족들은 트럭 짐칸에 타고 남쪽으로 피난길에 올랐다. 날은 캄캄하고 비는 부슬부슬 내렸다. 우산을 쓸 정도는 아니고 축축하다고 느낄 정도였다고… 큰오빠는 트럭 앞쪽에 자리를 잡고 서서 앞을 보며 밖을 구경하며 가고 있었다.

길가에는 수많은 사람들이 짐을 이고 지고 남쪽을 향하여 물밀 듯이 걸어가고, 차들의 행렬도 끝없이 이어졌다. 혼잡한 차량 행렬을 따라 한강 인도교에 우리 식구들이 탄 트럭이 막 들어서려고 하는 찰나, 눈앞에 새파란 불빛이 온 하늘을 밝혔다. 그렇게 새파란 불빛이 하늘을 밝히더니 '꽝'인지 '쿵'인지, 귀청이 찢어지는 소리가 나며 한강 다리가 폭파되었다. 붉은 불이 하늘로 치솟는데 얼마나 큰 불인지 말로 표현할 수가 없을 정도였다고… 쌀자루고 뭐고 다 버리고 트럭에서 뛰어내려 걸음아 나 살려라 하고 뛰었다고 한다. 아버지는 가족을 이끌고 인도교보다 하류 쪽으로 갔다. 모래사장에는 수많은 사람들이 어쩔 줄 모르고 우왕좌왕하는데, 머리 위 하늘로는 포탄이 날아다니고 있었다. 아버지는 전투모를 벗어 그것으로 모래사장에 구덩이를 파서 다섯 식구가 구덩이에 들어가 앉았다. 끊어진 인도교는 시뻘건 불덩이가 되어 있는데, 다음 날까지도 여전히 벌건 불덩이였다고 한다.

트럭에서 내려 모래사장으로 피하는데 한강 물에는 떠내려가는 사람들이 내는 "우~ 우, 웅~ 웅…." 하고 죽어 가며 내는 신음 소리가 여기저기 들리고, 피비린내가 코를 찔렀다고 한다. 엄마는 생전에 조금만 더 빨리 피난길에 올랐으면 우리가 탄 트럭은 폭파되는 다리 중간에 있다가 그대로 불에 타서 죽었을 것을 하느님이 살려 주셨다는 말씀을 자주 하셨다.

모래사장에 구덩이를 파고 다섯 식구가 들어가 앉아 무서움에 떨고 있었다. 그때 네 살인 정식이가 무섭다고 머리에 무엇을 씌워 달라고 해서 아버지께서 웃옷을 벗어 머리에 씌워 주셨다고 한다. 머리 위 하늘로 대포알이 빗발치듯 날아가는데, 다행히 모래사장에는 떨어지지 않았다. 아버지 말씀으로는 흑석동을 표적으로 인민군이 쏘고 있었다고…. 대포 소리도 다 같은 소리가 아니고 '쉭쉭, 쿵', '쏴쏴, 꽝' 등 소리도 여러 가지였고, 불빛도 새파란색, 붉은색, 빨간색으로 다양하게 쉬지 않고 밤새 날아다녔다.

구덩이 속에서 하룻밤을 떨며 지내다가 날이 밝으니 여전히 한강 백사장에는 강을 건너지 못한 사람들이 우왕좌왕하는데, 피난민들이 집안의 큰 재산이라 끌고 나온 황소들도 주인을 잃고 이리저리 사람들 속을 돌아다니고, 국군 패잔병들은 군복 위로 민간인의 하얀 옷을 걸쳐 입고 총을 헝겊에 싼 채 메고 피난민 속에 섞여 우왕좌왕하고, 그야말로 아비규환 속이었다고 한다. 한강 물에는 보따리와 죽은 사람들이 둥둥 떠내려가는 비참한 모습이 보였다.

그러다가 사람들이 우르르 몰려가는 곳을 무작정 따라가니 나룻배로 한강을 건너게 해 주는 사람이 있었다. 우리 식구는 수중에 돈이 없으니 탈 수가 없어 배를 타고 강을 건너가는 사람들을 멍하니 바라보며 부러워만 할 뿐, 어찌할 바를 모르고 있었다. 그런데 마침 그때 지프차를 타고 군인들이 왔다. 군인들은 차에서 내리더니 권총을 휘두르며 "지금이 어느 때인데 돈을 받고 태우냐?" 하고 호통을 쳐서 우리 식구들도 돈을 안 내고 한강을 건너는 배를 탈 수 있었다. 물이 허리까지 차는 데를 걸어 들어가 배를 탔다고 한다.

하지만 사람들이 서로 밀어 대며 나룻배에 올라타는 아수라장 속에서 엄마는 작은오빠와 나에 이어 이번에는 여동생까지 잃어버리는 수난을 겪게 된다. 엄마는 네 살짜리 정식이를 챙기느라 정신이 없어 배를 타고 한참이나 간 다음에야 여동생이 배에 타지 못했다는 사실을 알았다. 일곱 살이었던 여동생은 우리 집 바깥채에 살던 방아간 아저씨가 업고 타기로 했는데, 순한 성격의 아저씨가 사람들에게 밀려 나룻배를 타지 못한 것이다.

엄마는 사흘 전에 우리를 잃어버리고 왔는데, 또 여동생까지 잃어버린 것을 알고는 기가 탁 막히고 정신이 혼미해졌다고 한다. 이제 뱃사공은 돈도 못 받고 무료로 사람들을 실어 날라야 할 판이니 한강 북쪽으로는 다시 안 간다고 한다. 엄마는 통곡하면서 뱃사공에게 빌며 사정을 하였다고 한다. "지금도 큰아들 밑에 아이 두 명을 잃어버리고 왔는데 또 일곱 살짜리를 잃으면 저 일곱 살짜리는 죽으니 살려 달라"고 울며 통사정하니 뱃사공이 마음이 약해졌는지 고맙게도 다시 한번 한강을 건너가서 여동생을 업고 있는 아저씨와 여러 사람들을 태워 왔다고 한다. 엄마가 여동생을 잃어버린 것이 그 배를 타고 한강을 건넌 사람들에게는 뜻밖의 행운이었던 셈이다.

우리 남매를
애타게 찾은 엄마

한강을 나룻배로 건너고 나서는 걷고 또 걸어서 오산까지 갔다고 한다. 오산에서는 너무 배가 고파서 어느 집에 들어가 사정을 하며 밥을 좀 달라고 하니 주인 여자가 바가지에 보리밥 누룽지 끓인 것을 물과 함께 주어 온 가족이 손으로 건져 먹으며 허기를 달랬다고 한다. 아버지는 피난 대열에 끼어 같이 내려가시다가 경찰관은 경찰 서별로 다시 집합하여 재정비를 한다는 소식을 듣고 식구들과 헤어져 양주경찰서 집결지를 찾아가셨다. 아버지와 헤어져 홀로 삼 남매를 데리고 남쪽으로 내려가신 엄마는 수용소를 옮길 때마다 아침밥만 먹으면 큰오빠에게 일곱 살, 네 살의 동생들을 맡기고 수용소 내에서 이리저리 다니며 우리를 찾았다고 한다. 통영 수용소 안에 들어가면 통영 수용소 안을 뒤지고, 다른 수용소에 가면 또 그 수용소 안에서 찾으러 다니고….

서울이 수복된 후 의정부로 돌아와서 아는 사람들에게 우리의 행방을 물으니, 여름에는 보았는데 서울 폭격 이후에는 보지 못했다는 말을 들었다.

서울시청에 가서 서울에 있는 고아원 명단을 얻은 다음에 매일같이 의정부에서 서울로 와 서울에 있는 고아원을 찾아다니며 샅샅이 뒤졌다. 그 당시 교통도 시원치 않아 걸어서 찾아 다녔다고 한다. 정확한 위치를 모르니 옆에 가까이 있는 고아원을 두고 멀리 돌아가기가 일쑤여서 하루에 잘해야 두 곳 아니면 세 곳밖에 뒤지지 못하였다고 한다. 하지만 엄마는 그렇게 찾아다녀도 고아원에서 우리를 찾지 못하여, 아무래도 우리가 의정부에서 거지가 되어 있을 것 같아 내일부터는 의정부 길거리의 거지들을 찾아나서려 했단다. 의정부로 돌아가는 길에 돈암동에 있는 삼성 고아원을, 희망도 없이 마지막으로 들어왔다고 한다.

작은오빠와 나를 만나면 뭘 사 먹이고 쓰려던 돈도 그날은 희망이 없으니 양은 밥솥을 사서 들고 고아원 사무실에 와서 선생님에게 김정남과 김정자를 찾으니, 이게 꿈인가 싶게 두 아이 이름이 나란히 있는 것이 아닌가?

고아원 명단 중에서 마지막으로 찾아간 삼성 고아원에서 기적을 만났다.

어머니는 피난민 수용소에서 매일 밤이 되면 하루도 빠짐없이 "두 아이를 꼭 내 무릎에 앉게 해 달라"고 사력을 다해 울부짖으며 기도를 하셨다고 한다. 그 기도를 하느님이 정말로 들어주셨을 것이다. 작은오빠와 나는 주변 여기저기에서 폭탄이 터지고 총알이 빗발치듯 날아다니는 의정부 불바다 속을 뛰어다니면서도… 한여름의 뜨거운 뙤약볕에 마실 물, 먹을 것도 없이 의정부에서 명동 사이를 하루에 열두 시간씩 걷던 길에서도… 부모를 잃은 고아들이 수없이 죽어 나가는 고아원의 극심한 굶주림 속에서도 기적같이 살아남았다. 당장 잘 곳도 먹을 것도 없는 불쌍한 거지꼴의 어린아이들 앞에 본인들도 어려운 형편임에도 도와주겠다며 나서는 착한 이웃들이 계속해서 나타난 덕분이었다. 엄마는 원래 어려서부터 독실한 기독교 신자였지만… 경찰관 신분으로 6.25 전쟁 기간 동안 몇 번이나 전투에 투입되었던 우리 아버지도 별다른 부상 없이 무사히 돌아오시고, 전쟁터에서 잃어버렸던 작은오빠와 내가 무사히 돌아온 것을 보고 하느님이 내 기도를 들어주셨다며 믿음이 한층 더 굳건해지셨다.

그리운 가족의
품으로

엄마를 만난 우리는 기차를 타고 의정부로 돌아왔다. 몇 달을 떨어져 지내서인지 처음 만났을 땐 큰오빠와 동생들은 반갑게 맞이하지 않고 데면데면했던 것이 기억에 남는다. 의정부 시내는 모두 불에 타서 검은 잿더미들의 거대한 밭이었다. 우리 집은 동네 빈터에 땅을 파고 안을 널찍하게 다진 후에 위는 지붕이랍시고 뭔가를 얼기설기 얽어 만든 완전 움막집이었다. 그래도 엄마와 아버지가 계시고 오빠와 동생들이 있으니, 따뜻하기 그지없었다.

움막집 밖에 양철통을 잘라 아궁이를 만들고 그 위에 양은솥을 얹고 나뭇가지를 때어 밥을 지었다. 이렇게 지은 밥을 들고 집 안으로 몇 계단을 밟고 내려와 식구들이 모여 밥을 먹는 것이 얼마나 맛있고 즐거웠는지 모른다. 하지만 집에 돌아온 후 한동안 작은오빠와 나는 밥을 먹고 나서는 벽에 나란히 기대어 앉아 병든 닭처럼 꾸벅꾸벅 졸았다고 한다. 아마도 고아원 생활을 하면서 영양실조에 걸려 몸에 병이 생겨 있었던 모양이다. 그때 기억으로 의사 선생님께서 오빠와 나 둘 중에서 하나는 간이 부어 있고 하나는 폐가 나쁘다고 하셨는데…. 지금은 내가 간이 나빴는지 폐가 나빴는지 기억이 없다. 몸에 병이 들었어도 엄마를 잃어버리고 떠돌아다니던 몇 달 동안 죽지 않고 살아난 것만 해도 감사하다. 아마도 그 인민군 아저씨와 같이 있던 동안에 잘 먹으며 몸이 회복되어 이후 고아원에서의 혹독한 굶주림을 견뎌 낸 것이 아닌가 하는 생각도 든다.

의정부에서의 움막집 생활도 그리 오래가지는 않았다. 경찰 공무원인 아버지께서 용인으로 전근이 되셨다. 우리는 용인으로 이사를 가는데, 이삿짐이라고 해야 냄비 몇 개와 양은솥 하나 정도로, 그야말로 노숙자 수준의 짐을 가지고 용인 경찰서 근처의 관사로 이사하였다.

귀여운 정식이와의
이별

용인으로 오니 대부분 불타 버린 의정부와는 달리 읍내의 집들도 그냥 있고, 경찰서 건물도 그냥 있었다. 우리는 김량장천(현재의 경안천) 냇가에 있는 조그마한 초가집 관사에 살게 되었다. 대문을 열고 나서면 바로 김량장천 냇물이 흘렀다.

김량장리의 집을 나와서 왼쪽으로 좀 걸으면 용인국민학교가 있고, 학교 앞쪽 다리를 건너면 장터와 경찰서, 공의 등이 있었다. 오래간만에 집다운 집에서 아버지, 엄마, 오 남매의 우리 일곱 식구가 오손도손 정답게 살았다. 전쟁 통이지만 때가 되자 김장도 담그게 되었다. 김장을 담근 날 저녁 반찬으로는 배추 꼬랭이로 된장국을 끓여 먹었다.

몇십 년이 지나도 그날 저녁의 배추 꼬랭이 국을 절대로 잊지 못하게 하는 슬픈 사건이 그날 밤에 시작되었다. 그날 밤에 저녁을 잘 먹고 잠들었던 당시 네 살의 막냇동생 정식이가 갑자기 토하고 아프기 시작했다. 밤새 앓고 이튿날 공의(공중 보건의)한테 엄마가 업고 가니 약을 주어 집으로 와서 먹였지만, 계속 열이 나고 아파한다. 우리 오 남매 중에서 가장 인물이 좋고, 내가 특히 사랑했던 동생이었다. 의정부에 살 때는 경찰서 아버지 친구들이 의정부에서 특등 인물이라고 칭찬을 해 주었을 정도로 잘생긴 동생이다. 그렇게도 예쁜 내 동생은 며칠 앓더니 하루는 일어서다가 픽 쓰러졌다. 그때는 의사 선생님의 왕진이 있던 시절이었다. 왕진을 오신 의사 선생님이 뇌막염이라며 희망이 없다고 말씀하신 후 이틀 만에 내 동생은 저세상으로 가 버렸다. 너무나도 갑작스럽고 허탈한 죽음이었다.

우리 식구들은 모두 '와~악' 하고 울음을 터뜨렸다. 그중에서도 우리 엄마는 전쟁 통에서도 살려 낸 아이를 잃었다고 대성통곡을 하시는데, 그 비통함은 글로 도저히 표현할 방법이 없다. 아버지 아시는 분들이 대충 아기를 싸 가지고 나가서 어느 산에 묻고 왔다고 한다.

큰오빠는 사내아이 막냇동생 정식이를 무척 귀여워하였다. 친구들이 신나게 뛰어놀며 같이 놀자고 할 때에도 부끄러워하는 기색도 없이 막냇동생을 업고 같이 뛰어놀고, 친구 집에 가도 정식이를 업고 부끄럼 없이 다녔다. 큰오빠 옷 등에는 정식이의 눈물 자국과 침 자국이 늘 묻어 있었다.

어느 날인가 정식이를 업고 시장 통에 갔다가 등에 업힌 동생에게 "정식아, 너 뭐 먹고 싶은 거 있냐?" 하고 물어보니 캐러멜이 먹고 싶다는 말을 했다고 한다. 마침 그날따라 호주머니에는 캐러멜을 사 줄 수 있는 돈이 있었는데, 돈을 아낀다며 "지금은 돈이 없으니 나중에 사 줄게."라고 했단다. 막냇동생 정식이가 그렇게 떠난 후 몇십 년이 지났지만, 큰오빠는 아직까지도 그때 캐러멜을 사 주지 않은 것이 일생의 한이라는 말을 한다.

1.4 후퇴로
다시 피난길에 오르다

막냇동생을 저세상으로 떠나보내고 겨울의 추위는 점점 심해지는데, 전쟁 상황은 다시 나빠져서 피난을 준비하라고 아버지가 말씀하셨다. 슬픈 가운데에서도 엄마는 피난 준비를 시작하셨다. 6월 25일 밤에 빈손으로 뛰어나갔다가 고생을 호되게 한 경험이 있는지라 엄마는 이번에는 부지런히 이런저런 준비를 하셨다.

나는 불과 몇 달 전에 피난길에 엄마를 잃어버리고 그 죽을 고생을 한 주제에 엄마가 피난을 위해 음식 준비를 하는 모습을 보면서 어린 마음에 엄마가 마치 소풍 준비라도 하는 것처럼 속으로는 신이 났다. 엄마는 추운 겨울에 우리가 입을 옷도 만드셨다. 검은 천을 준비하고는 솜을 두툼하게 넣어 검정 두루마기를 만들어 여동생과 나에게 입혀 주셨다. 머리에 쓰는 모자도 만드셨다. 역시 검은

천에 솜을 두툼하게 넣어 고깔모자를 만들고 턱 밑에 끈을 달아 바람이 들어오지 않도록 만드셨다. 엄마는 가지고 갈 반찬도 만드셨다. 검은 콩장(콩자반)을 쇠고기 토막을 큼직큼직하게 썰어 넣고 졸이셨다. 엄마는 전대를 만들어 칸칸이 칸을 만들어 속에 돈을 넣고 젖가슴 아래쪽에 붙들어 매었다. 우리 남매들은 피난을 간다고 하는데도 무슨 여행이라도 떠나는 것처럼 속으로는 즐겁고 신나기만 했다.

아버지는 용인경찰서에 그대로 근무하시고 엄마와 우리 4남매는 피난길에 올랐다. 우리는 용인경찰서 가족들과 같이 트럭을 타고 출발하였다. 나는 까만 솜 두루마기에 까만 솜 고깔모자를 쓰고 동생도 똑같은 옷을 입고 탔다. 트럭 바닥에는 각 집의 짐을 싣고 그 위에 사람들이 옹기종기 앉았다. 차 뚜껑도 없는 트럭이라 달리면 겨울바람이 쌩쌩 들어와서 등을 트럭 진행 방향으로 하고 뒤를 보고 앉아서 간다. 사실 짐이라고 해야 우리 엄마와 오빠들이 손에 모두 들 수 있을 정도의 짐뿐이었다.

그때에도 용인에서 대전은 1번 국도를 타면 금방 갈 수 있었는데, 전쟁 중이라 1번 국도는 군대가 전용으로 사용하고 민간 트럭의 통행을 막았다. 그래서 우리가 탄 트럭도 용인에서 바로 남쪽으로 가지 못하고, 동쪽 이천 방향으로 틀어서 멀리 돌아갔다고 한다.

트럭은 달리다가 늦은 밤이 되면 어느 곳인지 민가가 있는 곳에 세워 주고, 그러면 사람들은 어떻게든 근처의 민가에 들어가 신세를 지고 다음 날 아침에 다시 출발하였다. 요즘 같으면 두 시간이면 갈 거리를 우리가 탄 트럭은 몇 밤을 자면서 달려 마침내 대전에 도착하였다. 대전에서 사람과 짐을 다 내리고, 트럭은 다시 용인으로 돌아갔다.

대전이면 공산군이 여기까지는 못 올 것이라고 생각했으니 최종 목적지에 도착한 셈이었다. 그 트럭에 탔던 용인경찰서 가족들 일행은 대전경찰서 서장님의 관사로 모두 들어갔다. 그런데 서장님의 가족들은 벌써 피난을 가고 집이 텅 비어 있었다. 그곳에서 짐을 풀고 각 가족들은 적당히 방을 잡았다. 밥을 끓이고 가져온 반찬과 서장님 가족이 댁에 두고 간 김치와 동치미를 떠다가 밥을 먹는데, 그 집 동치미가 얼마나 시원하고 맛이 있는지, 지금도 그 맛이 잊혀지지 않는다. 커다란 동치미 항아리에는 커다란 통북어도 들어 있고 커다란 무와 파, 배도 둥둥 떠 있고⋯. 그때까지 우리 집에서는 동치미에 통북어를 넣은 것은 본 적도 없었다.

대전 경찰서장님 댁에서는 모두 모여 앉아 라디오 방송으로 전시 상황을 들었는데, 방송을 들으면 맨 날 우리 국군이 어디를 탈환했느니 하면서 항상 이기고 있는 것 같았다. 그런데 대전 경찰서장

관사에 머무르던 가족들이 슬금슬금 한 가족씩 없어지더니 며칠이 지나자 사람들로 북적이던 그 집이 썰렁해졌다.

엄마도 이대로는 안 되겠다 싶었나 보다. 엄마는 어디서 얘기를 들었는지 우리 4남매를 데리고 대전역으로 나갔다. 대전역에 나가니 어디서 그렇게 사람들이 많이 몰려왔는지 대전역 일대가 수많은 인파로 새카맣다. 남쪽으로 가는 기차가 무엇인지 사람들이 어떻게 안다고 어떤 기차를 향해 사람들이 우르르 몰려간다. 서로 타려고 아우성이다. 지금과 같은 객차는 언감생심이다. 화물차 칸이든 기차 지붕이든 사람들은 무조건 올라탔다. 기차 지붕 위에 올라가는 것도 보통 일이 아니라 얼마간의 돈을 받고 기차 지붕에 올려 주는 사람까지 있었다. 밧줄을 내려 주고 끌어올려 주고 하며 올라탄다. "어떻게 하든지 남(南)으로 가야지 살지." 하며 죽기 살기로 기차 지붕에 올라가 앉고 나서 기차가 떠나기만을 기다린다. 그러면 미군 흑인 병사가 그 위로 올라와 "겟라리, 겟라리."(아마도 'Get Out'이었던 것 같다.) 하며 사람들에게 몽둥이를 휘두르며 내리라고 한다. 하지만 사람들은 매를 맞아 가면서도 막무가내로 앉아 있다. 우리 가족들 중에서는 큰오빠가 그 몽둥이에 한번 맞았다. 사람들이 몽둥이를 휘둘러도 내리지 않으면 어떤 때에는 권총을 하늘로 향하고 '탕 탕탕' 공포탄을 쏘기도 한다.

기다려도 기다려도 기차는 떠나지 않는다. 그러다가 누가 어디서 들었는지 이 기차는 남쪽으로 안 간다는 소식이 들어오니 사람들이 우르르 내린다. 기차 지붕에서 내려오는 것도 이만저만 어려운 게 아니라 또 내려 주는 사람에게 돈을 주고 내려야 한다. 우리는 이렇게 내려 다시 관사로 와서 하룻밤을 자고, 다음 날이면 기차표도 없으면서 다시 대전역으로 나가서 수많은 사람들 속에 섞여서 남쪽으로 간다는 기차를 올라탔다가 내리기를 며칠을 반복하였다.

이렇게 대전역과 관사를 며칠 동안 왔다 갔다 하다가 이번에는 기차 지붕 위가 아닌 뚜껑 없는 화물칸에 올라타게 되었다. 이번에도 나와 여동생은 혼자 힘으로 탈 수가 없어 돈을 받고 올려 주는 사람들에게 돈을 주고 화물칸에 올라갔다. 화물칸은 발 디딜 틈도 없을 정도로 사람들이 빼곡히 탔다. 짐은 바닥에 깔고 그 위에 사람들이 앉는다. 그다음은 기다림의 시간이다. 주변의 사람들이 수군대는 얘기로는 부산으로 가는 기차라고 한다. 몇 시간을 초조하게 기다린다. 만약 안 가는 기차면 또다시 내려야만 하니 초조할 수밖에…. 그런데, 드디어 기차가 칙칙폭폭 하며 떠나기 시작한다! 화물칸은 "야, 이제 살았다!" 하는 기쁨의 환성이 터져 나오고 안도하는 수군거림으로 가득했다.

칙칙폭폭… 칙칙폭폭. 기차는 달린다. 한겨울에 화물칸에 타서 바람을 맞으며 달리려니 얼마나 추운지⋯. 엄마가 이불을 꺼내 덮어 주었다. 그러면 이불 속에서 추위를 건디며 타고 간다. 그러다가 오줌이 마려우면 문제가 발생한다. 기차는 달리고 있고, 밑에는 짐이 있고, 사람들 속에 있으니 오줌을 눌 수가 없다. 그러면 남자 고무신이 요강이 된다. 남자 고무신에 오줌을 누면 사람들이 릴레이식으로 전달하여 밖으로 버려 주는데, 다른 애들은 한 번이면 끝나는데 나는 고무신을 두 번, 세 번 릴레이 하도록 오줌이 많이 나와 얼마나 미안하고 부끄러운지⋯.

밤새 달리고 아침이 되면 이불 위가 축축해지곤 하였다. 어느 역인지 중간 역에서 내려 엄마가 국수를 사 주셨는데, 얼마나 추운지 손이 덜덜 떨리고 이가 부딪혀 국수 그릇을 들고 먹을 수가 없을 정도였다.

뚜껑이 없는 화물차를 타고 한참을 왔는데, 그만 이 기차가 멈추더니 움직이질 않는다. 사람들이 웅성웅성하더니 이 기차는 여기까지만 가고 더 이상 안 간다는 소문이 돌았다. 웅성웅성하며 기다리다 사람들이 내리기 시작하니 모두 따라 내렸다. 우리 가족은 역에서 가까운 민가에 들어가 신세를 지었다. 그런데 그 집 사람들의 말투가 생전 듣지 못한 "~ 이렇당께.", "~ 저렇당께." 하였다. 처음 듣는 말투였다. 우리가 갔을 때에는 이미 많은 피난민들이 큰 방에

20~30명씩 모여 가운데 이불 속에 발을 넣고 앉아 있었다. 그 역이 이리역인지 남원역인지 잘 모르겠다.

그곳에서 다시 며칠 동안 매일같이 역으로 나갔다. 그래도 여기는 대전역과 달리 수많은 사람들이 이리 몰리고 저리 밀려다니는 최악의 혼잡한 상황은 아니다. 그래도 사람들을 따라 이리저리 몰려다니다가 사람들이 어느 기차에 올라타자 우리도 사람들을 따라 같이 올라탔다. 이번에는 뚜껑이 있는 화물칸이다. 창문이 없고 화물을 싣는 커다란 문짝이 2개 있는 화물칸이다. 먼저 타고 온 뚜껑 없는 네모 상자 같은 화물칸보다는 훨씬 아늑하고 훌륭하다. 몇 시간을 기다렸다. 드디어 칙칙폭폭 하고 기차가 움직인다. 초조하고 근심이 가득했던 사람들의 얼굴이 기차가 떠나면서 너나 할 것 없이 모두 밝아졌다.

하지만 사람들이 이렇게 악착같이 올라타서 추위를 뚫으며 달리고 달려 정작 도착한 곳은 부산이 아니라 여수였다.

부산으로
가자!

여수역에서 내리니 피난민들을 피난민 수용소로 안내하였다. 피
난민 수용소는 큰 천막을 여러 동 만들고, 각 천막 안에서 많은 사
람들이 같이 지냈다. 그런데 여수 수용소 피난민들은 제주도로 실
어 간다는 소문이 쫙 돌았다. 엄마는 제주도로 가면 아버지를 만나
기 힘들어지고, 멀리 제주도까지 배를 타는 것도 위험하다고 생각
하신 듯하다. 하루는 여기 있는 사람들은 다들 나오라고 피난민 관
리인이 와서 말하였다. 엄마는 여동생이 아파서 안 된다며 여동생
머리에 수건을 묶고 품에 안으며 사정을 하여 간신히 제주도행을 피
하였다.

그 후 엄마는 우리 4남매를 데리고 부산으로 가는 배를 타려고
이번에는 기차역이 아니라 여수항으로 매일같이 나가기 시작하였

다. 어느 하루 그날은 겨울치고도 또 유난히 추운 날이었다. 수용소에서 나와 왼쪽으로 바다를 끼고 항구 쪽으로 부지런히 걸어갔다. 그날도 역시 길 위에는 수많은 사람들이 걸어가고 있었다. 엄마와 오빠들이 앞서가고 나는 부지런히 따라 걷는데… 길은 한겨울 얼음판이다. 그런데 그 위에 누군가가 설사 똥을 싸서 커다란 쟁반만큼 퍼져 있었다. 나는 하필이면 바로 그 앞에서 얼음에 미끄러지며 그 똥 위로 철퍼덕하고 앞으로 넘어져 피난길에 만들어 입힌 검정 두루마기 앞자락이 온통 똥투성이가 되었다. 앞서 걷던 엄마는 화가 잔뜩 나서 내 손을 잡아끌어 바닷가로 가더니 맹추같이 왜 똥에 넘어졌냐며 철썩철썩 때려 가며 바닷물로 내 옷 앞자락 똥을 닦아 주셨다. 추워 죽겠는데 차디찬 물에 씻기며 매를 맞는데, 내가 일부러 그런 것도 아니고 잘못한 것도 없는데 왜 때리는지 정말 억울하여 울었다. 그 이후로 가족 사이에서 내 별명은 '둘퉁이'가 되었고, 내 여동생은 지금까지도 언니가 그때 여수 바닷가 똥에 엎어져서 잘산다는 농담 반 진담 반의 얘기를 하곤 한다. 둘퉁이는 당시에 흔히 쓰이던 말인데, 대략 둔하고 영리하지 못하다는 의미이다.

우리 가족은 이후 우여곡절 끝에 여수항에서 배를 타고 마침내 목표로 삼았던 부산에 도착하였다. 부산은 어디를 가나 사람들이 참 많았다. 남한의 피난민들이 모두 부산에 밀려드니 사람들이 많을 수밖에…. 많은 사람들이 6월 25일 여름에 피난을 못 가 고생을 겪어 본 터라 1.4 후퇴 때에는 더 많은 사람들이 피난길에 올랐다고 한다. 피난민들이 너무 많다 보니 방을 못 구한 사람들은 산 위에 둥그런 쇠 통을 뒤집어 놓고 집으로 삼아 사는 사람들도 많았다. 부산 시내에 가까운 산 위에는 피난민들의 쇠 통이 꽤 많이 있었다.

우리 가족은 충무동에 있는 자야네 집 방 한 칸을 얻어 살게 되었다. 우리 말고도 자야네 집에는 피난민들이 이 방 저 방 살고 있었다. 수많은 피난민들에게 방을 내어 주고 타향인이라 하여 차별도 하지 않은 부산 시민들은 고마운 사람들이었다. 자야네 엄마는 우리 엄마보다 젊고, 자야는 다섯 살 정도의 여자아이였다. 점심을 같이 먹는 날에 우리 엄마가 콩자반(그 당시는 콩장이라고 불렸다)을 꺼내 놓으면 자야 엄마는 "자야, 자야." 하며 콩장에서 쇠고기만 골라 자야를 먹여 점심을 같이 먹는 게 싫었다.

이렇게 자야네 집에서 잘 지내고 있었는데, 어느 날 자야 엄마가 화를 펄펄 내며 난리가 났다. 집에 둔 돈이 없어졌다는 것이다. 자야네 방에서 제일 가까운 방이 우리 방이니 의심이 자연히 우리에게 향하는 것이다. 어머니는 기가 막히셨던 모양이다. 얼마 되지도 않는 짐 보따리를 모두 풀어 보여 주시고 나서 어머니가 피난길에 가지고 오신 돈을 꺼내 보여 주었다. 피난길에 어머니는 돈을 새 돈으로 준비하여 전대를 만들어 꼭 메고 다니셔서 돈이 모두 허리에 맞춰 동글게 말려 있었다. 그래서 그 돈을 보고는 자야 엄마도 오해를 풀게 되어 몇 달 더 살다가 근처 집 2층으로 옮겨 살게 되었다.

길거리에서
미제 장사

　피난살이가 길어지며 돈이 떨어지기 시작하자 엄마는 미국산 담배, 껌, 초콜릿 등을 파는 미제 장사를 시작하였다. '카멜'이라고 낙타 그림이 그려진 담배, '쿨'이라는 초록색 영어 글씨가 있는 담배, 노란 껌, 하얀 껌, 파란 껌, 주황색 종이 초콜릿, 밤색 종이 초콜릿 (지금 생각해 보면 허쉬 초콜릿) 등을 담배 한 보루가 들어가는 종이로 만들어진 작은 카멜 담배 케이스에 담아 가슴에 들고 다니며 파는 것이다. 부산 시청 앞에는 사람들이 북적북적하고 택시들도 많이 있었다. 미제 껌이나 담배를 파는 아이들, 신문을 옆구리에 끼고 파는 아이들이 있는가 하면 나무로 만든 조그만 상자에 끈을 달아 어깨에 메고 "구두 딲어, 구두 딲어!" 하며 소리치며 다니는 큰오빠 또래의 남자 오빠들! 아무튼 부산 시청 앞 광장은 사람들로 북적였다. 가까이 있는 영도 다리는 낮 12시가 되면 다리가 위로 올라가서

신기하였다.

엄마가 하루 이틀 장사를 하다 보니 물건이 잘 팔렸다. 이제 장사
는 오빠들이 하고, 엄마는 주로 물건을 국제시장에서 떼어 와서 물
건을 다 판 오빠들에게 갖다주는 일을 하셨다. 오빠들이 물건을 잘
파니 우리도 따라 하고 싶어졌다. 엄마에게 졸라 나도 담배 케이스
에 껌, 초콜릿, 담배를 담아 주면 그것을 들고 시청 앞의 다방이나
택시들이 서 있는 곳을 돌아다녔다. 그러다가 아저씨들이 부르면
쪼르르 달려가 그 앞에 선다. 아저씨가 담배며 껌, 초콜릿 등을 골
라 손에 쥐고서 "얼마지?" 하고 물으면 난 바로 "○○환이에요." 하고
대답한다. 그러면 아저씨는 어쩌면 그리 똑똑하냐며 칭찬을 하고
머리를 쓰다듬으며 돈을 주니 나는 신이 난다. 나는 아저씨들이 물
건을 한 개, 한 개 집을 때마다 얼마, 얼마 하고 속셈을 하다가 대답
했는데 그렇게 칭찬을 해 주니 장사하는 게 재미있었다.

그런 가운데서도 길에서 내 또래의 아이들이 학교에 가는 모습
을 보면 무척 부러웠지만, 엄마에게 학교에 보내 달라고는 말하지
못하였다. 1951년 여름, 부산광역시청 앞에는 사람들도 많고 우리들
의 장사도 잘되어 시간 가는 줄 모르고 살았다. 그때도 나와 작은오
빠는 건강이 좋지 않아 병원을 다니며 약을 타다 먹고 살았다. 나보
다 두 살 어린 여동생은 부산에 온 지 몇 달 지나지도 않았는데 어

느새 부산 억양과 사투리로 말을 잘해 신기했다.

　우리 남매는 6월 25일 밤에 엄마를 잃어버리고 착한 사람들을 많이 만나서 살아남았지만, 세상에는 나쁜 사람들도 있었다. 작은오빠와 나는 그날도 신나게 장사를 마쳤다. 마지막으로 담아 온 물건도 모두 팔고 돈은 작은오빠가 모두 주머니에 넣었다. 이제 장사가 끝났으니 집으로 갈 일만 남았다. 그때 열일곱에서 열여덟 정도로 보이는 모르는 오빠가 다가오더니, 당시 열두 살이었던 작은오빠에게 물건을 싸게 사겠느냐고 물었다. 작은오빠가 그러자고 해서 우리는 모르는 오빠를 따라갔다. 조용한 골목으로 들어서 어느 집 앞에 서더니 이 집에 들어가서 물건을 가져올 테니 돈을 달라고 한다. 작은오빠는 주머니에서 돈을 다 털어 그 오빠에게 주었다. 모르는 오빠는 그 집으로 들어가더니 아무리 기다려도 다시 나오지 않았다. 결국 작은오빠가 그 집에 들어가 그 오빠를 찾으니 그런 사람이 없다는 대답이 돌아왔다. 우리는 그 집 앞에서 해가 지고 어두워질 때까지 기다렸지만 그 오빠는 영영 오지 않았고, 늦게까지 오지 않는 우리를 찾으러 엄마와 큰오빠가 우리를 찾아온 일이 있었다.

　여동생은 당시 나이가 여덟 살로, 어려서 장사를 시키지 않았다. 그래도 언니, 오빠들이 하니 자기도 하고 싶다고 졸라서 하루는 여동생도 따라나섰다. 담배 케이스에 물건을 가득 담아 주니 신나게 나갔다. 얼마 지나지도 않아 다 팔았다며 환한 얼굴로 뛰어오는데, 돈은 하나도 안 가지고 왔다. 어떤 아저씨에게 가지고 나갔던 물건을 모두 외상으로 팔고 왔다고 한다. 다방에서 어떤 아저씨가 돈은 내일 준다며 여기로 오라고 했다는데…. 그래서 다음 날 나랑 같이 그 다방으로 갔지만, 여동생은 그 아저씨를 못 찾겠다고 한다. 난감하여 "이 아저씨야? 저 아저씨야?" 하고 다방에서 보이는 아저씨들을 하나하나 손가락으로 가리키며 물어봐도 여동생은 모르겠다며 고개를 좌우로 흔들 뿐이었다. 지금도 여덟 살 여자아이의 물건을 몽땅 사기 친 그 아저씨는 해도 해도 너무했다는 생각이 든다.

4

어려워진
집안 형편

즐거운 용인 생활의
추억

그럭저럭 우리들의 미제 장사도 잘되어 돈도 벌고, 피난살이의 고달픔도 없어질 무렵, 우리 국군의 전세가 좋아져 우리 집으로 돌아갈 수 있는 때가 되었다. 한강을 건너기 위해서는 '도강증'이라는 것이 있어야 한다고 들었다. 우리는 부산 피난살이를 끝내고 다시 부산에서 출발하여 용인으로 돌아오는 트럭에 올랐다. 용인으로 올라오는 어느 날 밤에 트럭에서 잠이 들었는데, 갑자기 축축하여 깨어보니 논바닥에 내가 떨어져 있고 주변에 사람들이 웅성웅성하였다. 트럭이 길가에 비스듬히 처박히며 사람들이 우수수 논바닥으로 쏟아진 것이었다. 불행 중 다행으로 트럭이 전복은 되지 않아 다친 사람은 없었다. 사람들이 천신만고 끝에 트럭을 다시 길 위에 올려놓아 다시 타고 북쪽으로, 북쪽으로 향했다.

용인 김량장리에 있는 옛날 그 집으로 돌아왔다. 그리운 아버지도 다시 만났다. 아버지는 그동안 집에서 쓸 무쇠솥을 하나 구해 놓으셨다. 엄마 말씀이 그 솥이 조선 쇠로 만든 솥이라 좋다고 하신다. 뚜껑이 두툼하고 무거우며, 되솥이라 부르는 무쇠솥하고는 다르다고 한다. 그 솥이 지금도 내가 간직하고 이사 다닐 때마다 가지고 다니는 우리 집의 가보다.

그 솥을 걸고 밥을 해먹으며 다시 정상적인 우리의 생활이 시작되었다. 아버지는 용인경찰서에 출근하시고, 엄마는 살림을 하시고, 큰오빠는 태성중학교에, 우리 셋은 용인국민학교에 다니기 시작하였다. 우리 집에서 나와 김량장천을 끼고 오른쪽으로 걸어가면 용인국민학교가 나온다. 처음에는 학교가 아닌 교회에 가서 공부를 했다. 마당 나무 그늘 밑에 칠판을 걸어 놓고 학생들은 땅바닥에 앉아 공부를 하기도 했다. 그래도 선생님과 공부를 하니 즐겁고 행복하기만 하였다.

그때는 용인에서도 미군이 많이 보였는데, 미군 아저씨들이 차를 타고 지나가면 아이들이 차를 막 따라 뛰었다. 나도 같이 뛰어 따라가면 차에서 코가 큰 아저씨들이 껌, 초콜릿, 일회용 커피, 일회용 설탕 가루, 일회용 레몬 가루 등을 던져 준다. 우리는 그것을 신나게 주워 먹었다. 당시에는 커피라는 이름도 몰라 쓴 가루라 부르고,

레몬 가루는 신 가루라고 부르며 쓴 가루를 주우면 재수가 없다고 생각했다. 약삭빠른 아이들은 "기브 미 초콜릿." 하고 영어를 외치며 차를 따라 뛰었다. 나는 그런 말도 못 하고 덩달아 뛰기만 했으니 "기브 미 초콜릿." 하고 영어를 외치던 아이들은 언어 감각도 뛰어나고 세상 물정도 밝은 셈이었다.

여름철이면 냇가에서 멱을 감고 옷을 널어 말려 입었다. 냇가에 열심히 돌을 모으고 모래를 쌓아 집을 짓고 놀다가, 다음 날 나가 보면 다 허물어져 있어 서운하였던 기억이 난다. 김량장천 둑 위에 친구들과 나란히 쭉 앉아 누구 오줌이 멀리 가나 시합을 하는 등 철없는 계집애들이 모여 같이 노는 즐거운 용인 생활이었다.

그때 마을에는 '뒈미'라고 불리던 10대 후반의 처녀가 살았다. 키도 크고 얼굴도 밉지 않은 처녀였다. 그녀의 어머니는 얌전하고 여러 집을 다니면서 일을 하며 살았다고 한다. 그 어머니가 어느 날 일을 하다 두엄자리에서 낳았다고 하여 '뒈미'라고 불렀다는데, 성격이 좋아 누구든 만나면 인사도 잘하고 웃기도 잘해 김량장에서는 모르는 사람이 없었다. 우리 집에도 수시로 드나들며 "아저씨, 안녕하서유." 하고 인사하곤 했다. 그러면 우리 아버지가 "우리 뒈미 시집가야지." 하면 희희 하며 웃으며 안 간다고 하는… 내 어린 눈에도 약간은 모자라 보였던 귀여운 처녀였다. 우리가 친구들과 먹을 감고 있으면 뒈미 언니도 따라와서 같이 먹을 감으며 환하게 웃곤 했다. 그때만 해도 사람들이 인심이 좋고 착해서 뒈미 언니는 집도 없지만 먹고 자는 데 불편이 없었고 김량장의 이 집, 저 집을 제 집처럼 드나들며 살았다. 뒈미 언니를 통하여 용인 김량장리의 인심이 후하고 착했구나 하는 생각이 든다. 뒈미 언니는 그 후 어떻게 살았을까? 지금도 궁금하다.

용인 김량장리 집 대청 뒷문을 열면 바로 내 친구 준자네 집이 있다.

그 아버지는 한약방을 하시고, 집 형편도 우리보다 좋아 보였다. 늘 마당에서 약탕기로 한약을 끓이곤 하였다. 또 내 친구 이순덕이란 친구도 잊을 수가 없다. 수더분하고 착한 친구였고, 그녀의 오빠 한선이가 우리 큰오빠 친구였다.

큰오빠가 다니는 태성중학교 운동회날, 우리 식구 모두가 구경을 갔다. 큰오빠가 달리기 시합에서 3등을 하여 상을 탔고, 어머니가 준비한 점심밥은 얼마나 맛이 있는지…. 늘 먹던 잡곡밥이 아닌 하얀 쌀밥에 시금치 무침의 향이 지금도 느껴지는 듯하고, 계란말이의 노랗던 기억과 맛은 평생 잊지 못할 것이다.

공의(병원)는 다리 건너 경찰서 쪽에 있었는데, 어느 날 내가 아

파서 다리 건너 공의에 갔다가 올 때 엄마 등에 업혀 온 일이 생각
난다. 이미 많이 커서 엄마에게 미안하면서도 엄마 등이 따뜻하고
좋아서 웃는 얼굴을 엄마 등에 대고 업혀 다리를 건너던 생각이
난다.

가난이
시작되다

아버지가 거제도 포로수용소로 발령이 났다. 우리가 살던 관사에는 사찰 주임의 가족이 왔다. 그 아주머니는 우리 엄마보다 나이가 많은 분이었는데, 자기 아들은 꼭 의대에 보내겠다고 했다. 우리 엄마가 "왜 그러냐?"고 물어보니 "의사가 되면 전쟁이 나도 후방에서 근무해 죽지 않는다"는 말을 하였다.

우리는 관사인 그 집을 내어 주고 용인경찰서 근처 의환이네 집에 셋방을 하나 얻어 이사했다. 꽤 큰집인데 문간방 한쪽에는 배세일이라는 작은오빠 친구네 가족이 세 들어 살고 있었다. 내 기억으로는 이때부터 살림살이가 어려워졌다. 아버지는 거제도포로수용소에 근무해서 가끔 집에 오셨다.

땔감도 없어 엄마와 큰오빠가 산에 가서 나무를 해 왔다. 아무 산이나 가는 게 아니라 아버지 아시는 분에게 말씀드려 그분 소유의 산에서 해 온다고 했다. 어느 때는 가랑잎을 모아 오기도 하고, 어느 때는 큰 나무 둥지가 썩은 고주박을 캐 오기도 한다. 어느 때는 잔가지를 모아서 오고, 청솔가지를 꺾어 오기도 한다. 청솔가지는 불을 지피기는 힘들어도 한 번 불이 붙으면 탁탁하고 잘 탄다. 나무를 해 오는 날은 큰오빠가 학교에 결석을 하고 엄마와 같이 산에 가고는 했다.

엄마와 큰오빠 둘이 가서 세 둥지를 해 오는 날도 있었다. 한 사람이 한 둥지씩 해 오면 한번에 집에 와서 편할 것 같은데… 세 둥지를 해 오려니 한 둥지씩 지고 두 둥지를 얼마큼 갖다 놓고 뒤돌아 다시 한 둥지를 가져오고 다시 두 둥지를 내려다 놓고 다시 한 둥지를 가져오는 식으로 고생을 했다. 이렇게 엄마와 큰오빠가 해 온 나무를 땔감으로 밥을 해 먹는데, 하루는 고주박을 해 가지고 와서 도끼로 패니 불개미 떼가 쏟아져 나와 온 마당이 불개미 천지가 되니 집주인 의환이 엄마가 나와 뭐라고 하여 민망한 적도 있었다.

형편이 어려워지니 쌀밥은 이제 생각도 못 하고 수수를 갈아 만든 묽은 죽이 어느새 한동안 우리 집의 주식이 되었다. 나는 수수 죽이 당시에도 별로 맛이 없었는데, 한창 성장기였던 큰오빠는 그때

식욕이 왕성하던 때라 수수죽 두 그릇만 먹으면 정말 소원이 없겠다는 생각을 했다고 한다. 집안 형편이 얼마나 어려웠는지 그 수수죽조차 넉넉치 않아 큰오빠는 '내가 두 그릇을 먹으면 가족 중 하나는 굶어야 한다'는 생각에 더 먹고 싶은 것을 참았다고 한다.

밀 기울을 빚어 개떡을 쪄 주면 맛이 없어 억지로 먹던 일이며 수수 기울로 개떡을 찌면 유난히 시커멓던 생각도 난다. 밀가루를 뽑아내고 남은 껍데기인 밀 기울에 소다를 넣고 반죽한 개떡을 빚어 찌고 솥뚜껑을 열면 소다 냄새가 확 코를 찌르는데, 사카린을 넣어 단맛을 내도 소다 냄새가 나고 뻣뻣한 개떡은 참 맛이 없었다. 감자철이면 찐 감자가 간식이 되었다.

정말로 운수 좋은 날에는 밤에 "메밀 무~우~욱, 찹쌀 떠~어~억." 하고 외치는 소리를 듣고 엄마가 나가 찹쌀떡 몇 개를 사다 주어 특식을 먹기도 했다. 하지만 맛없는 개떡을 먹으며 허기를 달랠 때에도 마음만은 늘 즐겁고 평안하였고, 4남매 사이도 화목하여 오빠들은 어쩌다 친구들이 먹을 것을 주면 먹지 않고 꼭 집으로 가져와 동생들과 나누어 먹었다.

가끔 학교에서 우유 가루(탈지분유)를 나눠 준다. 커다란 통에 담아 가지고 선생님이 교실에 가지고 오신다. 우유 가루를 주걱으로 푸면 '뽀~옥' 하는 소리가 나고, 푼 자리는 연노랑의 뽀얀 아련한 색

깔이 남는데, 유난히 예뻤다. 우유 가루는 집에 가지고 와서는 물에 타서 마시기도 하지만 주로 과자를 만든다.

사각형 철제 도시락을 당시에는 일본식 용어인 벤또라고 불렀는데… 우유 가루를 살살 퍼서 벤또 뚜껑에 가득 담고 밥을 지을 때 밥솥 속에 넣어 쪄낸다. 쪄서 바로 꺼낼 때에는 말랑말랑하지만 금방 딱딱해진다. 벤또 뚜껑을 탁 엎어 꺼내면 바로 네모난 우유 과자가 된다. 딱딱하여 앞니로는 안 되고 얼굴을 살짝 찡그리며 어금니로 깨물어 먹어야 하는데, 그렇게 조각을 내어 조금씩 조금씩 갉아 먹으며 군것질을 대신하였다.

그 집에서 잊을 수 없던 사건은 여동생이 우물에 빠졌던 일이다. 우리가 살던 집 안에는 우물이 없고, 대문을 나가 좀 떨어진 곳에 우물이 있었다. 세일이 동생 세옥이가 물을 뜨러 간다며 주전자를 들고 나가는데, 여동생이 같이 가자며 쪼르르 따라 나가는 모습을 나도 보았다. 얼마 지나지 않아 동네 아주머니가 헐레벌떡 달려오더니 여동생이 우물에 빠졌다고 소리를 질렀다. 깜짝 놀라 엄마랑 뛰쳐나가니 여동생은 우물가 근처에서 앉아 울고 있는데, 몸은 홀랑 젖었다. 여동생이 우물에 빠져 허우적거리고 있을 때 하느님이 도우셨는지 마침 그때 누가 물을 뜨러 왔다가 내려다보니 아이 머리카락이 두 번 떠올랐다 가라앉는 것을 보고 얼른 두레박을 던져 주어 그걸 타고 올라왔다고 한다. 무슨 동화에나 나올 법한 기적 같은 이야기였다. 그때 엄마는 처음에 거의 정신이 나간 채 뛰어가서 울고 있는 여동생을 보지 못하고 울부짖으며 우물 주위를 어쩔 줄 몰라 하며 뱅뱅 돌았는데, 정작 우물에 뛰어들 용기는 나지 않아 이상했다고 두고두고 말씀하셨다.

집안 형편은 어렵고 힘들었지만 용인국민학교에서의 생활은 즐거웠다. 나도 나름 공부에 취미를 붙여 열심히 하고 선생님께서도 칭찬을 많이 해 주시어 즐거운 학교생활이 되었다. 우리 반에서 공부를 제일 잘하고 리더십이 있는 친구는 김사순이었다. 지금 생각해 보면 김사순이라는 친구는 우리보다 나이가 많고 조숙했던 것 같다.

용인국민학교도 시간이 지나면서 차츰 정상화되었다. 수업도 이제는 교회나 나무 그늘에서 하지 않고 교실로 들어왔다. 김사순이네 집에 모여 미농지를 돌돌 연필에 말아 눌러 주름을 잡았다가 빼면 하얀 꽃잎이 된다. 그것을 친구들과 함께 여러 장 모아 꽃을 만들어 교실을 꾸미고 좋아하던 생각도 난다.

잊지 못할
크리스마스 선물

✿

아버지는 거제도포로수용소로 파견 발령이 나서 집을 떠났다가 몇 달 만에 한 번씩 집에 오셨다. 아버지가 계시는 동안에는 집 안에 활기가 넘친다. 엄마의 표정도 밝아지고 기운이 나시는 모습이며, 아버지께서 좋아하는 카레라이스도 만들어 주신다. 평소에 먹지 못하던 당근이며 우엉, 감자와 함께 평소에는 먹기는커녕 구경조차 하기 힘든 쇠고기도 들어간 카레를 만들어 주시면 우리 4남매는 횡재했다는 듯이 맛있게 먹곤 하였다.

아버지는 포로수용소에 갇힌 포로들끼리 싸움이 잦아서 힘들다는 등의 말씀을 하시며 어떤 포로가 그려 주었다며 여자가 나체로 서 있는 그림을 가져다주셨다. 아이들이 보기에 적합한 그림은 아니었지만, 썩 잘 그린 그림이라 한동안 우리 단칸방 벽에 붙여 놓고 보았다. 아버지가 거제도로 다시 가시면 집은 다시 평상으로 돌아왔다.

겨울이 되어 크리스마스가 돌아왔다. 엄마를 따라 우리 4남매는 용인교회에 가서 예배를 드렸다. 교회라고 해 봤자 지금과는 비교할 수도 없는 초라한 모습이다. 앞에는 십자가와 목사님 강단이 있고, 그 옆에는 풍금 한 대가 있어 찬송가 연주를 한다. 그리고 그 반대편 앞쪽에는 커다란 창호지에 찬송가 가사를 먹글씨로 큼직하게 써서 나무판자 조각으로 철하여 걸어 놓는다. 찬송가를 부를 때가 되면 이 가사를 적은 창호지를 넘겨 그 찬송가의 가사를 펼쳐 놓는다. 그러면 교인들은 앞에 걸어 놓은 창호지에 적힌 가사를 보며 찬송가를 부른다. 교인들은 모두 바닥에 앉아서 예배를 보았다. 지금 같은 의자도 없고, 각자 찬송가 책을 마련할 형편들이 안 되던 때였다.

크리스마스가 와도, 흰 눈이 내려도 용인 김량장 거리는 여전히 을씨년스러운 모습 그대로이다. 크리스마스트리도 없고, 산타클로스의 눈썰매 그림도 어디에도 없다. 물론 크리스마스 캐럴도 들리지 않으니 요즘의 크리스마스와는 다른 삭막한 풍경이다.

하지만 나름대로 교회에서는 성탄이 가까워지면 바빠진다. 축하

공연을 위해 교회 선생님들은 어린이들을 뽑아 무용 연습도 시키고, 합창 연습도 시키고 또 큰오빠 또래의 중학생들을 뽑아 연극도 연습시킨다. 무용을 잘하는 내 동생은 언제나 뽑혀서 출연하는 단골 선수로 사랑을 받았지만 나는 그저 여럿이 나가 합창하는 걸로 만족하였다. 큰오빠 또래의 학생들은 연극 발표를 했는데, 이상한 복장을 한 동방박사들이 예물을 들고 예수님을 경배하는 내용으로 약간은 유치해 보였지만 분위기를 살리는 행사였다.

그날도 교회에서 예배와 행사를 다 마치고 집으로 돌아왔다. 하지만 산타 할아버지는 우리 남매들에게 선물을 가져다주지 않으셨고, 엄마는 독실한 기독교 신자였지만 살림이 어려우니 우리들에게 크리스마스 선물을 아무것도 주지 않으셨다. 크리스마스이브였지만 집에서는 별다른 행사 없이 평소와 마찬가지로 저녁을 먹고 잠자리에 들었다. 그런데 캄캄한 새벽에 우리 식구가 사는 단칸 셋방 창문 아래서 찬송가 소리가 들리기 시작했다.

"기쁘다, 구주 오셨네. 만 백성 맞으라…."

우리 식구는 모두 깨어 일어나서 새벽 송을 들었다. 추운 겨울! 깜깜한 밤중에 창문 밖에서 들리는 새벽 송이 그렇게 신비로울 수가 없었다. 새벽 송이 끝나자 엄마가 박수를 치자고 해서 다섯 식구가 힘차게 박수를 쳤다. 우리 집은 잘살지도 못하고 교회 헌금도 제대로 못 하는 형편이라 새벽 송을 오리라고는 전혀 예상을 못 하였다가 받은 크리스마스 선물이었다. 더욱 감격스러운 일은 날이 밝자 문밖에 나가셨던 엄마가 돈이 든 봉투를 발견한 것이다. 새벽 송을 하고 누군가 크리스마스 선물로 돈이 든 봉투를 놓고 간 것이었다. 엄마는 너무 고마워 감격의 눈물을 흘리며 "고 장로님인가? 이 장로님인가?" 하며 궁금해하셨지만, 끝내 돈을 놓고 간 분이 누구인지는 모른 채 세월이 흐르고, 우리의 마음에만 깊이 남았다.

아버지의
자살 소동

아버지께서 서울 청량리 경찰서로 발령이 나셨다. 우리는 회기동 큰 공장의 한쪽에 있는 집의 방에 세를 얻어 살기 시작했다. 우리 회기동 집에서 멀리 보이는 야트막한 산에서는 매일 산을 깎아 내는 시끄러운 소리가 들렸다. 산의 모습이 점점 사라지는데, 동네 사람들이 거기에 신흥대학교(현재의 경희대학교)를 짓는다고 하였다.

큰오빠는 어려운 집안 형편을 돕겠다며 학교를 그만두고 근처 미군 부대에서 잡심부름을 하는 하우스 보이로 취직하였다. 약간의 급여와 함께 퇴근할 때에는 매일 커다란 귤인지 오렌지도 하나씩 주어 집에 오는 길에 시장에서 그것을 팔아서 돈을 챙기는 것도 무척 즐거운 일이었다고 한다. 첫날은 도시락을 싸서 김치를 반찬으로 가져갔다고 한다. 점심을 먹고 샤워실에서 미군에게 수건을 가져다

주는 일을 하는데… 마주치는 미군마다 얼굴을 찌푸리며 코를 막아 무척이나 당황스럽고 부끄러웠다고 한다. 그래서 그 이후에는 도시락을 싸 가지 않고 점심시간마다 청량리 시장에 나가서 꿀꿀이죽을 사 먹었다. 꿀꿀이죽은 미군이 먹다 버린 음식물 쓰레기를 끓인 음식이다 보니 가끔씩 먹던 음식에서 담배꽁초가 나왔다고 한다. 하지만 더럽다는 생각도 전혀 없이 그저 집어서 버리면 그만이었고, 어쩌다가 커다란 고깃덩어리라도 나오는 날이면 그렇게 신이 났다고 한다.

하지만 아버지 입장에서는 장남인 큰오빠가 학교를 다니지 못하고 취직을 한 것이 무척 괴로운 일이셨나 보다. 어느 날 가족들이 저녁밥을 먹고 엄마는 설거지를 끝내고 방으로 들어오셨다. 그런데 아버지가 갑자기 권총을 꺼내시더니 "자식 학교도 못 보내고 일을 시키는데 내가 이렇게 살아서 무엇 하겠냐"며 차라리 죽어 버리겠다며 울면서 크게 소리를 지르기 시작하셨다. 평소에 항상 온화하고 얌전했던 아버지의 돌발스러운 행동에 가족들은 혼비백산했다. 엄마가 울며 매달리고, 우리도 옆에서 울며 말려서 간신히 권총을 치우셨다. 그날 밤 한차례 소동 끝에 진정이 되신 아버지가 자리에 누워 양팔을 이마 위에 얹고 계셨던 모습이 지금도 눈에 선하다. 그 사건 이후에 큰오빠는 미군부대 하우스 보이를 그만두고 체신 학교에 입학하였다.

내가 살아오면서 아버지의 눈물을 본 것은 그때 딱 한 번뿐이었다. 그날 이후 아버지는 아무리 힘든 일이 있어도 내색을 하지 않고 묵묵히 넘기셨다. 가난이 그림자처럼 따라다니며 우리를 힘들게 해도 죽겠다느니 하는 부정적인 말을 한 번도 입에 올리지 않으셨다. 그럴 때마다 "사람은 항상 근(근면)해야 해요."라는 아버지의 좌우명을 반복하시곤 하였다.

작은오빠가 용인초등학교 6학년 때 전국적으로 중학교에 들어가는 국가시험을 치렀는데 그때 성적이 무척 좋았다고 한다. 그런데 성적을 받아 중학교에 들어가는 입학 수속을 하기 전 우리 아버지가 청량리 경찰서로 전근이 되어서 용인에서 서울로 이사를 오게 되었다.

서울로 이사 와서 우리 엄마는 경기중학교가 좋다는 걸 어떻게 아셨는지 그 학교를 찾아가 성적을 내놓으며 입학 수속을 하려 하셨단다. 그런데 교장 선생님이 부산에 교장 회의로 출장 중이라며, 성적은 되지만 교장 선생님이 오셔야 수속이 된다고 며칠을 기다려야 한다고 했단다.

집에 와서 어머니가 아버지에게 자초지종을 말하며 며칠을 기다려야 한다고 하니 늘 안이하고 소극적이신 나의 아버지는 그러지 말고 회기동 집에서 가까운 덕수중학교에 넣으라고 하셔서 작은오빠는 덕수중학교에 들어가고, 나와 내 동생은 청량국민학교로 전학하였다.

나는 서울 청량국민학교 6학년 3반으로 전학하였다. 그때는 학교 수업이 끝나도 늦게까지 학교에 남아서 공부를 하던 때였다. 전학한 학교에 적응하여 별다른 어려움 없이 다니다 중학교 입학 원서를 쓰는 때가 되었다. 그 당시 특차로 서울사범대학병설중학교가 있었다. 어릴 때부터 꿈이 선생님이었던 나는 그곳에 가면 선생님이 되는 줄 알고 원서를 내고 시험을 봤지만 결과는 낙방이었다. 우리 청량국민학교에서 여러 명이 시험을 쳤는데, 김○옥이란 친구 한 명만 합격하였다. 엄마는 회기동에서 가까운 동덕여자중학교로 가라고 하셨다. 시험을 치니 합격이었다. 합격 통지서를 받고 입학을 준비하고 있는데 아버지께서 이번에는 안성경찰서로 전근이 되었다.

엄마는 아이들 공부를 시키려면 서울에 사는 게 좋으니 내가 남대문 시장에서 장사를 하며 돈을 벌 터이니 당신도 쥐꼬리만 한 월급을 받는 경찰을 그만두고 다른 일을 찾아보라고 권유하였다. 억척스럽고 장사에 꽤 소질이 있었던 엄마가 본격적으로 남대문 시장에서 장사를 시작했으면 어쩌면 우리 집 살림살이가 더 나아졌을지도 모른다. 하지만 아버지는 끝내 결단을 내리지 못하셨고, 우리 가족은 안성으로 이사를 했다.

그때 엄마 나이가 38세이니까 끝까지 엄마 생각을 밀고 나가기가 어려웠을 거라고 생각은 든다.

안성여자중학교의
추억

아버지가 서울에서 안성으로 전근하여 큰오빠는 안성농업고등학교으로 전학을 가고, 작은오빠는 안법중학교로 전학하여 졸업하고 안법고등학교에 진학하였다. 어렸을 때 딱지치기, 구슬치기, 자치기 등을 그렇게 잘하더니 고등학교에 들어가서는 유도를 배운다며 쫓아다니고 공부도 열심히 잘하였다.

나는 안성여자중학교 1학년으로 전학을 하였다. 하복을 입을 때까지 우리는 검은 치마에 하얀 저고리를 입고 학교를 다녔다. 책가방은 엄마가 광목천으로 주머니를 만든 후에 끈을 달아 주었는데 나름 멋을 낸다고 겉에는 숙녀가 강아지를 끌고 가는 십자수를 놓았다. 세월이 흘러 여동생이 보관하고 있던 그 가방을 보았는데 크기가 얼마나 작은지, 깜짝 놀랐다. 요즘 아이들이 들고 다니는 신발

주머니 크기 정도인데 거기에다 공책이랑 책을 어떻게 담고 학교를 다녔는지 신기하다.

여동생은 미양국민학교로 전학을 갔다.

처음 가서 신기한 것은 안성 미양면은 분명 경기도인데 아이들 말투는 충청도 억양으로 말이 느리고, 특히 어른을 만나 인사를 하면 누구든 "진지 잡수셨어유?" 하고 길게 '유~'를 붙이는 것이었다. 또 어느 날은 친구들이 안성 장날이라며 구경을 가자고 했으나 물건 살 일이 없어서 같이 가지는 않았지만, 장날이라고 구경을 가자고 하는 것이 신기했다. 나도 이리저리 전근을 다니시는 경찰 아버지를 따라 경기도 외곽에서 주로 살았지만, 안성 미양면의 당시 모습은 무엇인가 많이 달랐다.

서울에서 다니던 학교에 비하면 아주 작아서 1학년은 두 개의 반밖에 없었다. 아버지는 미양면 지서 지서장으로 부임하시고 우리는 그 관사에서 살게 되었다. 관사는 학교가 있는 읍내에서 약 20리(8km 정도)가 떨어진 곳에 있어 깜깜한 새벽에 나가 기차를 타고 학교에 도착하면 이른 시간이라 춥고 등교 시간까지는 아직 시간이 많이 남아 선생님들께서는 숙직실을 내어 주셨다. 우리 기차 통학생들은 숙직실 방에 모여 떠들며 놀다가 시간이 되면 각자 교실로 가곤 하였다. 숙직실에는 중학교 1학년부터 고등학교 3학년까지의 학생들이 모여 기차 통학생들 사이에는 자연스럽게 끈끈한 정이 생겨났다.

1학년 미양면에서의 기차 통학은 힘들기보다는 오히려 항상 즐거웠다. 겨울은 춥고 바람 부는 새벽에 기차 정거장에 나가야 하니 통학이 힘들었지만, 해가 길어지고 날이 따뜻해지면 상황이 달라진다. 아침 시간에도 날이 밝아 어렵지 않게 나가고, 학교에 일찍 도착해도 환하니 교실에서 마냥 이야기하고 놀다가 학교 시간이 시작된다. 저녁에는 기차 시간을 한참 기다려야 하니 우리 1학년 친구들은 집에 같이 걸어가자고 모인다. 병원 의사 집인 오세○, 테니스를 잘 치던 신정○, 샘골에 사는 박춘○, 조병○, 조인○, 이간○, 공부를 잘하는 오영○ 등등…. 열서너 살의 계집애들은 이 세상이 자기 세상인 듯 떠들고 웃으며 안성여중 교문을 나서 미양면으로 걷기 시작한다.

거리가 약 20리로 8km 정도 되었는데, 태양은 빛나고 바람도 불어 주는 신작로길이다. 가끔 차가 지나가면 먼지가 화~악 하고 날리지만 즐겁기만 하였다. 봄철에는 여기저기 피어난 꽃들이 좋았고…. 가을철이 가까워지면 길가의 밭에는 무며 배추가 싱싱하게 커 간다. 우리는 무, 배추밭을 지나갈 때면 누가 처음이라고 할 것도 없이 자연스럽게 밭에 들어가 무를 하나씩 뽑는다. 무 껍질을 벗겨 먹으면서 걷다 보면 힘든 줄도 모르게 집에 오곤 하였다. 나는 안성이 고향도 아니고 서울에서 내려온 지 얼마 되지 않아 남의 밭에 있는 무를 도둑질하는 것 같아서 마음을 졸였지만, 친구들은 아무렇지도 않게 뽑아 먹어서 의아하였다. 아마도 그 밭을 농사짓는 주인들도 결국 한 동네 아저씨들이니 이웃집 아이가 한두 개 정도 뽑아 먹는 무가 뭐 그리 대수냐 싶어 용인되었을 것이란 생각이 든다.

미양면에서 살던 때에 기억에 남는 재미있는 추억은 여동생이 다니던 미양국민학교 운동회에 온 가족이 갔던 날이다. 넓은 운동장에는 만국기가 걸리고 운동장에는 하얀 트랙도 그려지고, 본부석 앞에는 천막도 설치된다. 운동장 둘레에는 학부형들이 자리를 깔고 주욱 앉는데, 우리 아버지는 천막 안에, 지금으로 말하면 귀빈석에 경찰 정복 차림으로 앉아 계셔서 퍽 자랑스러웠다. 한참 운동회가 진행되고 있으면 누가 얼마를 찬조했다는 먹글씨로 쓴 종이가 자꾸자꾸 늘어나 펄럭이던 모습도 눈에 선하다.

오후에는 성인들의 달리기 시합이 있었다. 여기저기에서 달리기에 자신이 있는 남자 어른들이 나오시는데, 그중 가장 특이한 것은 우리 아버지 미양 지서에 근무하는 양 순경 아저씨였다. 양 순경 아저씨는 타이트한 수트를 입고 뛰는 미래 시대를 내다보는 선견지명이 있었는지 내복 바지를 입고 아무렇지도 않은 표정으로 운동장에 들어섰다. 그 달리기 경기에서 일등을 한 사람은 내복 바지의 양 순경 아저씨로, 우리 가족은 마치 우리 집이 일등 한 것처럼 신이 났었는데, 그 후 양 순경 아저씨는 내복 바지를 입고 안성읍 다른 학교들의 운동회에서도 달리기 시합을 제패하곤 하였다.

운동회에서 또 재미있었던 것은 할머니들의 달리기 시합이었다. 출전하신 할머니들은 각자의 스타일로 뛰신다. 뒤뚱거리기도 하고… 어그적거리기도 하며 열심히 달려가는데, 중간에서 바늘에 실을 꿰어 달리는 경기였다. 빨리 뛰신 할머니는 눈이 침침해서 바늘에 실을 꿰매지 못하여 쩔쩔매고, 뒤뚱거리던 할머니가 얼른 실을 꿰고 달려서 일등을 하였다. 구경꾼들의 웃음과 박수 소리가 터지고…. 당시 미양국민학교 운동회는 단순히 아이들의 운동회가 아니라 마을의 축제였다.

안성여자중학교생활 중에 생각나는 친구들이 있다. 공부를 유난히 잘하던 원○숙이란 친구는 싹싹한 성격에 웃기도 잘하고 학교 테니스 선수로 뽑혀 대회 시합도 나가고 영어 단어도 열심히 외웠다. 나중에 이화여자대학교 불문과를 졸업하고 의사 선생님과 결혼하여 잘 살고 있다고 한다. 정영○이란 친구는 카리스마도 있고 리더십도 강하여 친구들을 압도하는 분위기였다. 6.25 전쟁에서 부모님을 잃어 안성 보육원에서 남동생과 같이 생활하였다. 나는 당시에 그 친구가 나중에 크게 되어 김활란 박사같이 유명한 여성이 될 거라고 굳게 믿었다. 그 당시에는 내가 아는 유명한 여성은 김활란 박사뿐이었으니까…. 지금도 궁금하다. 어떻게 지내고 있을까?

한성○이란 친구는 나보다 조금 늦게 전학을 왔다. 노란빛이 도는 머리카락에 피부가 유난히 흰 친구였다. 키도 나와 비슷하게 작았고, 앉는 자리도 가까워 금방 친해졌다. 어머니가 이만○ 여사로, 정치를 하시는 분이라 그 친구네 집에 놀러 가면 늘 어머니가 안 게셔서 내가 느끼기에는 쓸쓸하고 허전해 보였다. 나는 나중에 결혼하면 저렇게 집을 비우면 안 되겠다고 생각하곤 하였다. 그 어머니는 국회의원 후보로 선거에 출마하셨지만, 당시 상대 후보인 오재영이란 분한테 저서 떨어졌다. 한성○은 연세대학교를 나와서 순천향대학교 의대 교수로 정년퇴직하였고, 지금도 만나며 흉금을 털어놓고 이야기하는 친구로 남아 있다.

그 밖에도 많은 친구들이 있어 내가 정신적으로 성장하는 데 큰 도움을 주었다고 생각한다. 친구들과 만나 재잘거리고 소설책을 읽고는 주인공이 되어 슬퍼하기도 하고, 가다가다 서로 다투고 말을 안 하면 옆 친구들이 화해시켜 주기도 하며 인생 살아가는 방법을 같이 터득하던 그리운 친구들!

병원 집의 여러 남매 중에서도 유난히 똑똑했던 오세O, 하얀 얼굴에 화가 나면 금방 얼굴이 빨개지던 박정O, 언제나 둥글둥글 웃음기가 있던 박춘O, 어느 날 갑자기 하느님께 풍덩 빠졌던 샘골의 조인O, 조방O, 화가 나면 무섭게 변했던 이간O, 커다란 눈에 말싸움에 능했던 남상O, 유난히 무용을 잘하던 도진O과 남정O, 말없이 꾸준히 제 할 일을 처리하던 오영O, 교복 카라를 풀 빳빳이 먹이고 다니던 멋쟁이 미녀 박인O(우리나라의 대표적인 미녀 배우 황신O의 모친이다), 호리호리한 키에 고고하던 진명O 등등 모두 풋풋했던 시절, 포근하고 아름다운 자연과 친구들이 있어 행복한 시절이었다.

안성여자중학교 시절에 우리를 지도해 주신 선생님들도 고마웠다. 늘 엄하시던 체육 과목의 박 선생님, 수학여행에 돈이 없어 못 따라간 친구들을 모아 금강면 저수지로 소풍을 데리고 가 주신 가정 담당 이정숙 선생님, 나의 담임 선생님이었던 김영기 선생님. 그 당시 수도사대를 졸업하고 두 분의 여자 선생님이 오셨다. 구연희 선생님과 이 선생님. 두 선생님이 오시면서 우리 학교는 활기를 띄었다. 무용반이 생겨 춤에 소질이 있는 친구들이 나타났고, 글쓰기와 시 쓰기도 이때 활기를 띄었다.

학비를 못 내는
괴로움

국민학교에 입학해서 대학교를 졸업할 때까지 학교에 내는 학비의 명칭도 참 많이 변하여 지금은 그 명칭도 헷갈린다. 월사금, 기성회비, 사친회비, 공납금, 육성회비, 등록금 등등…. 아버지의 경찰 공무원 월급이야 뻔하니 4남매 모두 공부를 시키며 학비를 대는 것이 보통 일이 아니었다. 그 당시는 웬만큼 사는 집에서도 자식 하나 대학 공부 시키지가 쉽지 않은 때였는데, 교육열이 높고 억척스러웠던 우리 엄마는 당신이 소학교(현재의 초등학교)도 못 다닌 것이 한이 되셨는지 그 뻔한 형편에도 4남매를 모두 대학 공부를 시킨다며 말도 못 하게 고생하셨다.

안성에 살며 엄마는 가계에 보탠다며 돼지도 키워 팔고 닭도 열댓 마리 키워 달걀을 받아 팔기도 했지만, 4남매의 학비 부담이 점점 커지며 살림살이는 조금도 나아질 기미가 없었다. 그 당시에는 학교에서 돈을 제대로 못 내는 아이들이 나 혼자가 아니고 반에서 대개 10~20명이 되었다(한 반은 보통 60명이 넘었다). 그러면 담임 선생님께서는 2~3교시 정도 끝나고 나서 학비를 못 낸 학생들을 불러 모은 후에 집에 가서 가져오라고 하신다.

그러면 우리는 교실을 나온다. 몇몇은 집에 가서 돈을 가져오기도 하지만 나는 집에 가 봐야 돈이 없을 것이 뻔하니 집에 가지 않고 운동장에서 빙빙 돌며 시간을 보내다가 돈을 가져오는 애들을 따라 교실로 들어가서는 "집에 가니 엄마가 없다"고 거짓말을 하고 그날은 넘긴다.

그러다가 자꾸 날이 가면 이번에는 선생님이 엄마를 학교에 오라고 하신다. 학교에 오시는 날이 되면 엄마의 외출복은 등교하는 학생의 교복처럼 정해져 있다. 쑥색 뉴똥(비단의 일종) 치마에 하얀 무명 저고리에 흰 고무신, 치마에는 고사리 같은 나뭇잎 모양의 무늬가 있었다. 그렇게 오시는 엄마는 날씬하고, 앞머리는 이마가 넓은 게 싫다고 하시며 옆으로 살짝 내리셨다. 엄마가 학교에 와서 담임 선생님을 만나 무슨 말씀을 하셨는지는 모르지만 그리고 나면 담임 선생님의 독촉이 한동안 느슨해지곤 하였다.

또 어느 때는 종례 시간에 반 아이들 앞에 돈을 못 내는 아이들을 쭈욱 불러 세우고는 한 사람씩 한 사람씩 언제까지 낼 수 있냐고 묻는데, 나는 날짜는 말 못 하고 눈물만 흘렸다. 그러면 선생님 마음도 안되었는지 들어가라고 하신다. 학교에서 그런 일이 있어도 뻔한 집안 형편을 아니까 집에 와도 돈을 달라고 조르지 못한다.

지금 생각하면 학교 운영비가 없는데 당신 반의 납부 실적이 나쁘면 교장 선생님이나 교감 선생님으로부터 질책을 받으시니 담임 선생님도 제자들을 어쩔 수 없이 닦달하셨으리라 생각되고 충분히 이해한다. 당시에도 한창 즐거울 나이에 학비 때문에 학교에서 어려움을 겪었지만 내가 열심히 노력해서 성공해야지 하는 생각을 했을 뿐 부자들을 미워하거나, 선생님을 원망하거나, 우리 집이 가난해서 불행하다는 생각은 정말 한 번도 해 본 적이 없고, 그런 순간만 지나가면 학교생활은 항상 즐겁고 행복했다.

중학교 3학년 때에는 졸업 여행으로 수덕사로 여행을 가는데, 나는 어차피 돈이 없으니 엄마에게 아예 얘기도 하지 않고 가지 않았다. 반에는 나 말고도 여행을 가지 못하는 친구들이 몇 명 더 있었다. 2박 3일인지 3박 4일인지 친구들이 여행을 다녀온 것까지는 견딜 만했는데, 여행을 다녀온 친구들이 즐거웠던 여행 얘기로 일주일이 넘도록 웃음꽃을 피우고 특히 같이 찍은 사진을 보면서 즐거워

하는 것을 보면서 어쩔 수 없이 소외된 느낌으로 많이 괴로웠다. 하지만 수학여행을 따라가지 못한 친구들을 모아 수학여행 기간 중에 하루 소풍을 데려가 주신 고마운 가정 담당의 이정숙 선생님의 모습과 마음은 아직도 잊혀지지를 않는다.

평안도 여장부!
우리 엄마

우리 엄마는 본래부터 얌전하고 부드러운 요조숙녀와는 한참 거리가 먼 분이셨다. 평안도 여자답게 화끈하고 괄괄하며, 열성적이었다. 아버지가 퇴직하실 때 군인 사건을 해결하다가 당한 부상에 대한 보상금이 나오지 않아 질질 끌었는데, 아버지는 기다려 보자고 하셨다. 엄마는 여기저기 찾아다녀도 해결의 기미가 보이지 않자 대한민국 국방부 장관을 직접 찾아가서 담판을 지어 해결하실 정도로 배짱이 두둑하셨다. 그런가 하면 큰오빠가 한양대학교 공대에 입학했을 때에는 한양대학교 김연준 대학총장님을 찾아가서 형편을 사정해서 등록금 일부 면제를 받아 내기도 했다. 한편으로 생각해 보면 국방부 장관이나 대학총장과 같은 높으신 분들이 다짜고짜 찾아와서 만나자고 하는 무식한 아주머니를 만나 이야기를 들어 줄 정도로 정이 있는 사회였다는 생각도 든다.

엄마는 어려서부터 일생을 있는 힘을 다하여 악착같이 살아가셨고, 또 불행히도 그럴 수밖에 없는 어려운 환경의 연속이었다. 일제시대에 태어나서서 어려서 아버지를 잃고 어려운 집안 형편에 교육도 제대로 못 받고 자라셨다. 결혼해서 우리를 낳으시고 생활이 좀 안정되나 싶더니 해방의 혼란기를 맞아 아는 사람이 한 사람도 없던 남한으로 월남을 하셨다. 남한에서 자리를 좀 잡는구나 싶었는데 이번에는 6.25 전쟁이 터져서 작은오빠와 나를 피난길에 잃어버려 마음고생, 몸 고생을 심하게 하셨다. 우리 남매를 기적적으로 다시 만나셨지만 기쁨도 잠시였고, 눈에 넣어도 아프지 않을 예쁜 막내아들을 어이없게 저세상으로 떠나 보내고 말았다. 그 후에는 가난이 그림자처럼 붙어 다녀 먹고 살기도 힘든 형편에 4남매를 모두 대학 공부를 시킨다며, 당시 시대에서는 말도 안 되는 욕심을 내시며 온갖 고생을 다 하시며 살았다.

어려운 형편임에도 엄마는 손이 크서서 설날에 가래떡을 뽑아 오서도 두 말이 기본이었으며, 콩비지를 하여도 솥이 넘치도록 끓이셨다. 시골 살 때 물을 샘에서 길어다 먹을 때에도 다시 길어 올 망정 물을 아끼지 않고 쓰셨다. 아버지가 전깃불을 아끼자고 끄시면 답답하다고 다시 켜시는 등 아버지와는 다른 셈법으로 세상을 사셨다. 아버지는 있는 돈으로 최대한 아끼고 살자는 편이었지만, 어머니는 꼭 필요하면 일단 쓰고 나가서 그만큼 더 돈을 벌어 오자는 생각이셨다. 집안 형편이 어려울 때면 걱정만 하기보다는 발 벗고 집을 나서서 많든 적든 억척같이 돈을 버셨다. 돌다리를 한참이나 두들긴 다음에도 건널까 말까 고민하는 아버지와는 근본적으로 다른 분이셨다.

부산에 피난 가서는 수중의 돈이 떨어져 가자 미제 물건 장사를 하며 피난 생활을 버티셨고, 아버지가 서울에서 안성으로 발령이 나자 엄마는 당신이 남대문 시장에서 장사를 시작할 터이니 아버지는 경찰을 그만두고 다른 직업을 찾아보라고 많이 졸랐지만 아버지가 안 된다고 하여 결국 안성으로 내려오셨다.

엄마는 안성에서 살 때 돼지도 키우고 닭도 치며 살림에 보태었다. 돼지우리는 솜씨 좋은 아버지가 지어 주셨다. 가는 통나무를 가로로 쭈욱 둘러치고, 돼지가 자는 곳에는 비를 막고 그늘을 만드는 지붕을 얹어 주고, 나머지 공간은 돼지들이 나와서 놀고 밥도 먹을 수 있도록 놀이터에 밥통을 놓아두었다. 우리 집에서는 토종 돼지를 길렀다. 남들은 버크서라는 흰 점이 박힌 돼지를 길러 몸통이 엄청나게 컸는데, 우리 집에서 키우는 토종 돼지는 다 자라도 그 반이 좀 넘을까 싶을 정도로 작았다. 돼지 먹이는 먹다 남은 음식을 항아리에 모아 두었다가 쌀겨를 섞어 주는데, 냄새나고 쉰 음식을 먹어도 병이 안 나는 돼지가 신기하였다. 토종 돼지의 새끼는 털이 윤기가 나는 까만색으로, 강아지보다 더 귀여웠다. 아버지가 새 짚을 깔아 주어도 돼지우리는 금세 더러워지고 냄새가 났다.

　엄마는 돼지, 닭을 키우는 것만으로는 부족하니 부산에 있는 국제시장에 가서 옷감을 사 와서 보따리를 머리에 이고 집집마다 팔러 다니는 장사를 시작하셨다. 옷감을 사러 부산에 가려면 먼저 안성에서 서울로 올라가고 다시 서울에서 부산으로 가는 기차를 타야 했다. 부산 국제시장에 가서 홍콩 비단이며 빌로드 옷감을 한 보따리씩 사 가지고 오셨다. 기차를 타는 시간 자체가 길었고, 돈을 아끼느라 제대로 먹지도 못하니 이래저래 힘든 여정이었다.

　이렇게 억척같이 살면서도 엄마는 당신이 입고 싶은 것, 먹고 싶은 것을 참아 가며 돈을 아끼셨다. 그때는 기차 칸의 통로를 오가며 먹을 것을 팔았다. 다른 먹거리도 팔았지만 달걀 파는 사람은 "삶은 달걀이요, 삶은 달걀이요!"를 외치며 기차 칸 통로를 오갔다. 엄마는 배가 고프니 기차를 타고 다닐 때마다 그 삶은 달걀이 그렇게 드시고 싶었다고 한다. 하지만 내 새끼들도 제대로 못 먹이고 사는데 내가 이걸 먹을 수는 없다는 생각에 주머니에 항상 돈이 있었음에도 결국 삶은 달걀은 단 한 번도 사 먹지 못하셨다고 한다. 엄마는 이 이야기를 당신의 가슴속에 혼자만 품고 있다가 우리들이 다 크고 형편이 좋아졌을 때가 되어서야 비로소 털어놓으셨다.

이후에 아버지가 강원도 화천 사내면으로 발령이 나서 가셨을 때는 아버지, 엄마 두 분만 가시고 우리는 따로 학교 근처에서 자취하며 살았다. 엄마는 처음 화천에 가서 밤에는 불빛도 없는 컴컴한 산을 보며 울었다고 한다. 엄마는 화천에서도 살림에 보태겠다며 '한성 미장원'을 차리셨다. 시골에 미용사가 없어 서울에 와서 미용사를 구해 가시곤 하였다. A급 미용사는 월급도 비싼 데다가 시골로 가지도 않아 엄마 말로는 B급 미용사를 데리고 간다고 하셨다.

방학이 되면 우리는 서울에서 아버지가 계신 강원도 화천으로 놀러 갔다. 화천으로 가려면 길이 험하고 멀미도 많이 났다. 가다가 보면 1차선 도로가 나오는데, 이쪽의 차를 다 보내고 나서 저쪽의 차가 오는 식으로 요즘에 공사하는 도로를 지날 때와 같이 운영되었다. 방학 때 가면 밥을 직접 해 먹지 않고 엄마가 해 주는 밥을 먹으니 좋고 또 방에 불을 뜨끈뜨끈하게 때 주어서 좋았다. 겨울에는 서울도 춥지만 강원도 화천은 정말 추웠다. 사내면 시장에 가면 군대에서 나온 두부도 있고 군부대에서 나온 다른 물건들도 많았는데, 지금 생각해 보면 이상한 일이었다.

낮에는 엄마가 하는 미장원에 나가서 심부름을 하였다. 사람들이 와서 머리카락을 자르기도 하지만 파마도 한다. 머리를 다듬은 다음에 집게같이 생긴 것에 연필 토막만 한 조그만 숯을 피워서 담는다. 그리고 불을 담은 집게를 동그랗게 말은 머리에 하나씩 하나 씩 집는다. 그리고 한참 있다가 머리카락을 풀면 꼬불꼬불한 파마가 나온다. 나는 엄마의 미장원에서 파마를 해 본 적이 없지만, 여동생 은 그 불을 머리에 이고 파마를 했다.

그 동네에는 미장원이 하나 더 있었다. 그 미장원은 주인이 미용 기술이 있어 직접 하는데, 엄마는 기술도 없고 미용사도 수시로 바 뀌다 보니 장사가 안 되어 결국 미용실을 접고 말았다.

5

내 인생에서의
큰 도전

꿈에 그리던
서울사범학교 도전

공부를 잘하던 작은오빠가 고등학교 때 의대를 가고 싶다고 말하니 큰오빠가 펄쩍 뛰며 말렸다. 의대는 6년이나 다녀야 하고 돈도 많이 들어 우리 형편에는 안 된다고 하니 엄마도 그 말에 설득되었고, 작은오빠는 의사의 꿈을 접었다.

안성여자중학교에서 3학년이 되면서 나는 막연히 하고 싶었던 선생님이 이제는 절박한 목표가 되었다. '우리 4남매가 계속 공부하기에 우리 집은 너무 어렵다. 빨리 내가 돈을 벌어서 엄마, 아버지를 도와야 한다.'고 생각했다. 어릴 때부터 나는 선생님이 되고 싶었고, 얼른 돈을 벌어 부모님을 도와야 한다는 생각에 서울사범학교를 가고 싶었다.

당시에는 고등학교 과정에 사범학교라는 제도가 있어 사범학교를 졸업하면 대학교에 입학할 나이에 바로 국민학교(현재의 초등학교) 선생님에 임용될 수 있었다. 당시는 여성들이 취업할 수 있는 직장이 많지 않아 학교 교사가 여학생들에게 인기가 높은 직업이었고, 특히 집안이 가난하여 대학 진학이 어려운 가정의 여자아이들에게 사범학교는 선호도가 무척 높았다. 당시만 해도 집안에서 아들은 어떤 수를 쓰더라도 대학교에 보내도 딸은 대학에 보내지 않는 경우가 흔했다. 너나 할 것 없이 형편이 어려웠던 그 시절에는 대학까지 가서 공부를 한다는 것이 지금과는 달리 무척 어려운 일이었다.

하지만 가고 싶다는 마음만 있을 뿐 시험 합격은 고사하고 우선은 입학 원서를 어떻게 사 오고, 어떻게 써서, 어떻게 접수해야 하는가? 나 혼자서는 도저히 엄두가 나지 않았다. 엄마를 졸라 보았지만 내 말을 들은 큰오빠가 "촌년이 겁도 없이 서울사범학교를 가? 서울사범학교에 들어가는 게 얼마나 어려운데…" 하며 콧방귀도 뀌지 않았고, 장남 말이라면 무조건 믿으시는 엄마는 너는 못 간다며 아예 말도 안 하신다.

그때 3학년 우리 반에서 공부 잘하는 친구들 몇 명에게 말하였다. 우리 서울사범학교에 진학해서 선생님이 되자고…. 그때 친구들 중에서 공부를 열심히 하는 현○, 영○이 등이 우리 서울사범학교에 같이 가자며 마음을 합친 상태였다. 나는 말은 그렇게 했지만 정작 입학 원서를 사다 주는 사람도 없고, 그렇다고 내가 서울에 가서 직접 사 올 엄두도 나지 않고 해서 그냥 안성여자고등학교를 가야만 하나 하며 넋을 놓고 있었다.

그런데 같이 선생님이 되자고 하던 친구들 중에 얼굴이 예쁘고 웃을 때 유난히 입을 크게 벌리는 현○이가 아버지에게 부탁하여 원서를 2장 사다가 나를 1장 주었다. 난 이 일로 늘 현○에게 고마움을 느끼는데, 그 친구는 나중에 시인이 되었다.

담임이셨던 김영기 선생님께 원서를 써 달라며 드리니 별다른 말씀 없이 써 주셨다. 그런데 이번에는 원서 접수가 문제였다. 큰오빠는 아예 귓등으로 듣고, 엄마는 아버지 식사 챙겨 드리고 키우는 돼지, 닭들이 걱정되어 못 간다고 하셨다. 그때였다. 이때까지 나의 서울사범학교 입학 도전에 별말이 없었고, 당시 고등학교 2학년이었던 작은오빠가 나서더니 '내가 접수시켜 준다'며 원서 봉투를 들고 서울에 가서 접수시켜 주었다. 1957년 2월이었다. 그때는 교통이 편리하지 않아 안성에서 서울사범학교가 있는 왕십리까지 가는 일이 보통 일이 아니었다. 안성에서 수원으로 가는 버스를 탄 다음에, 다시 수원에서 서울까지 가고, 다시 왕십리까지 가는 머나먼 길이었다. 작은오빠는 6월 25일 밤에 엄마를 잃어버렸다가 가을에 고아원에서 다시 만날 때까지 열한 살의 어린 나이가 믿기지 않는 남자다운 용기와 책임감으로 나를 끝까지 데리고 다녔다. 시간이 흘러 나의 인생에서 가장 큰 도전을 하다가 길이 보이지 않을 때 다시 한번 작은오빠의 도움과 응원이 절대적인 힘이 되었다.

사실 누구에게도 얘기한 적은 없지만 나는 안성여자중학교에 다니는 내내 사범학교에 갈 꿈을 꾸고 있었다. 부모님과 같이 미양면에 살 때에는 통학을 하였지만, 아버지가 안성 내에서 삼죽면으로 전근이 되었을 때는 안성 읍내에 있는 학교까지의 거리가 30리나 되어서 우리 남매들은 부모님과 떨어져 학교 근처에서 자취 생활을 하였다. 방학이 되면 오빠들과 여동생은 부모님이 계신 삼죽면으로 갔지만 나는 자취방에 남아 혼자 공부를 했다. 그때는 누가 가르쳐주지도 않고 시키는 사람도 없으니 내가 찾아서 스스로 공부할 수밖에 없었다. 없는 돈을 털어 문제집을 사서 풀면 문제 출제자가 표시된 책도 있었는데, 서울사범학교 김용덕 선생님이 화학 문제인가 출제하신 것을 보고 '아! 입학하면 직접 이 선생님을 만날 수 있겠구나.' 하는 생각도 했다. 영어 공부는 책 이름은 생각나지 않지만 1권을 사서 처음부터 끝까지 몇 번을 보았다. 평소에 남들을 부러워하거나 질투하지 않는 성격이었지만 당시에는 친구 원○숙이 얼마나 부러웠는지 모른다. 그 친구는 맘껏 정구 운동을 하고 밤 늦게까지 교실에 남아 공부를 하는데, 나는 자취를 하는 탓에 저녁이 되면 밥을 지으러 집에 가야 했다. 어린 마음에 나도 엄마가 해 주는 밥을 먹으며 마음껏 공부하고 싶다는 생각이 들어 안타까웠다.

안성에서 중학교를 다니던 내가 서울사범학교에서 공부할 꿈을 꿀 수 있었던 이유는 나의 이모(엄마의 동생)를 내심 믿고 있었기 때문이다. 그 당시 이모는 신당동에서 조산원을 개업하였기 때문에 내가 서울사범학교에 붙으면 이모네 집에서 학교에 다닐 수 있을 것이라고 믿었다.

우리 이모는 옛날에 시집간 우리 엄마 집에 와 머물면서 소학교를 다녔다고 한다. 당신의 어머니가 학교에 보내 주지 않아 한스러웠던 우리 엄마는 동생이라도 공부를 시켜야겠다고 생각하셨는지 집에 데리고 와서 소학교에 보냈다고 한다. 그런데 아들까지 낳고 이모와 나이 차이도 8살이나 났던 우리 엄마는 남편이 집에 있건 없건 철이 없는 이모와 그렇게 싸우셨다고 한다. 우리 엄마 말씀으로는 동생인 이모에게 한마디 하면 이모가 열두 마디 말대답을 하였다고 한다. 아무튼 처제를 집에 데리고 있는 마당에 자매가 남편이 걱정할 정도로 말싸움을 했다면 분명 문제가 있었을 것이다. 결국은 우리 아버지가 장모님께 가서 둘이 너무 싸워서 데리고 있을 수가 없다고 하여 다시 이모를 처갓집으로 돌려보냈다고 한다. 여담으로 우리 엄마와 이모는 많은 외가 친척들 중에서 오직 두 분만이 월남하여 유일한 혈육이었고, 서로 왕래도 잦았지만 무슨 이유인지 연세가 칠십이 넘도록 만나기만 하면 거의 말싸움으로 시간을 보내셨다.

아무튼 작은오빠가 서울로 고생스럽게 갔다 와 준 덕분에 접수는 되었고, 수험 번호는 500번이었다. 일이 이쯤 진행되고 나니 엄마도 시험에 관심을 보이기 시작하셨고, 시험 날짜를 며칠 앞두고는 서울로 올라가라고 돈도 챙겨 주시고 이모에게 갖다 드릴 선물도 준비해 주셨다. 두려운 마음으로 서울에 올라와서 이모네 집을 찾아갔다. 예비 소집에 때는 이모부가 길을 알려 주신다며 같이 가 주셨다.

시험 당일이 되었다. 우리 교실에서 시험을 본 아이들 중에는 서울사범대학병설중학교를 졸업한 아이들이 많았다. 그 아이들은 시험 시간이 끝날 때마다 모여서 시험이 쉽다고 떠들어 대는데, 나는 시험이 도무지 쉽지가 않아 주눅이 들었다. '혹시 내가 떨어지면 어떻게 하지? 큰오빠한테도 창피하고…. 어쩌나?' 하는 걱정뿐이었다.

며칠 후에 합격자 발표가 있었다. 가서 보니 500번이 합격자 명단에 있었다. 뛸 듯이 기뻤지만 이것은 1차 시험 합격자이고, 2차로 예능 시험이 또 있었다. 체육, 음악, 미술 실기 시험에 붙어야 진짜 합격이란다. 안성어자중학교에서 같이 올라온 친구들은 1차에서 모두 낙방하였다. 자기 아버지에게 부탁하여 내 사범학교 원서도 사다 준 고운 마음씨의 현○이가 떨어져서 안타깝고 미안한 마음이 들었다.

사실 나는 체육, 음악, 미술에 모두 재능이 없고, 따로 배운 적도 없으니 실기시험을 앞두고 걱정이 태산이었다.

실기시험 날이 되었다. 체육 실기가 시작되었다. 일곱, 여덟 명씩 불러서 1열 횡대로 서게 하고 차렷, 쉬어 동작을 거쳐 차례로 손가락을 꼽았다 펴기를 시키기도 했다. 또 제자리 걷기도 시킨다. 너무 긴장한 탓인지 팔다리가 동시에 앞으로 나가서 당황했다. 그 밖에 몇 가지 더 한 것 같은데, 의외로 별로 어렵거나 하지는 않았다.

음악 실기시험이 시작되었다. 성악이나 기악 중에서 선택하라고 한다. 나는 한참 고민하였다. '성악을 할까? 기악을 할까?' 노래는 어렸을 때부터 선생님들로부터 목소리도 곱고 노래를 잘 부른다고 칭찬을 자주 들었지만… 피아노도 '도, 레, 미, 파, 솔, 라, 시, 도' 한 음계를 왼손, 오른손 동시에 짚으며 칠 수 있으니 기악인 피아노도 괜찮지 않을까? 정말 한참을 고민하였다. 고심 끝에 내린 결론은

"그래! 그래도 칭찬을 들었던 노래로 하자."였다.

음악 실기가 시작되었다. 어머 그런데 이게 웬일인가? 집안 형편
도 넉넉치 않고 주로 시골에서 자란 나는 피아노는 음악 선생님이
나 잘 치는 것이지 내 또래의 학생들이 〈엘리제를 위하여〉 같은 어
려운 곡을 피아노로 칠 수 있다는 것은 상상조차 하지 못했다. 하지
만 기악 시험에서 다른 아이들이 피아노 치는 모습을 보니 음악 선
생님 저리 가라 하는 수준으로 잘 치는 것이 아닌가. 그 모습을 보
면서 내가 만약 기악을 선택해서 피아노 앞에 앉아 '도, 레, 미, 파,
솔, 라, 시, 도'를 쳤으면 선생님들이나 수험생들이 얼마나 크게 웃었
을까 하는 생각이 들었다. 큰오빠 말 그대로 '나는 정말로 촌년은
촌년'이라는 생각도 들었다. 지금도 그때 음악 실기시험을 생각하면
부끄러워 귀밑까지 빨개지곤 한다.

미술 실기시험 시간이 되었다. 필기 시험처럼 한 교실에 몇 명씩
널찍하게 떨어져 앉았다. 남자 선생님 한 분이 들어와서 도화지를
나눠 주시더니 교탁 앞에 서서 자기를 그리라고 하신다. 그런데 그
분이 바로 문제집에서 기억했던 김용덕 선생님으로, 실제로 보니 외
모도 멋있는 분이었다. 열심히 그렸다. 그런데 그려도 그려도 내 그
림은 그 선생님과 닮아 보이지도 않고 멋있지도 않다. 그러다가 옆
줄에 앉은 학생의 그림을 슬쩍 훔쳐보니 완전 멋지게 그린 것이 아

닌가? 나는 또 한번 주눅이 들 수밖에 없었다.

미술 실기까지 끝나고 나니 영 자신이 없어졌다. 초조하게 기다리다가 며칠 후 최종 합격자 발표날이 되었다. 신당동 이모 집에서 나와 왕십리에 위치한 서울사범학교 발표장으로 가는 길이다. 학교에 거의 도착해서 걸어가고 있는데, 발표를 보고 나오던 501번 이영○란 친구가 "너, 500번, 붙었어."하고 알려 주었다. 기쁜 마음으로 나는 듯이 달려가 방을 보니 500번이 합격이었다. 이렇게 기쁠 수가! 늘 큰오빠에게 "촌년이 겁도 없이 서울사범학교에 가려고 한다"며 듣던 구박이 싸~악 사라지는 느낌! 이제 아버지와 엄마가 오빠들 학비 대느라 고생하시는 것을 도울 수 있게 되었다는 느낌! 나도 이제 어렸을 때부터의 꿈인 선생님이 될 수 있다는 느낌!. 아마도 내 인생에서 6.25 전쟁 통에 고아원에서 엄마를 다시 만난 것 다음으로 두 번째 큰 기쁨이었을 것이다.

나중에 입학해서 보니 필기 시험 볼 때 교실에서 쉽다고 모여서 떠들던 아이들은 거의 다 떨어졌다. 그리고 미술 실기시험에서 옆자리에서 멋진 그림을 그리던 친구는 창덕여자중학교를 졸업하고 응시한 윤호○인데, 입학하고 나서 보니 미술반 내에서도 그림을 손꼽히게 잘 그리는 친구였다.

1학년으로 입학을 하였다. 우리는 서울사범학교 12회 입학생이었다. 선생님들은 우리 12회가 입학 경쟁률이 12대 1로 높았고, 학생들의 수준이 높고 학교 규율도 잘 따른다며 칭찬을 많이 해 주셨다. 처음 들어갈 때에는 서울 고등학교에서 오신 김원규 선생님이 교장 선생님이었지만, 얼마 지나지 않아 맹주천 선생님이 새로 교장으로 부임하셨다.

　그 당시 1학년은 5개 반으로, 남학생 반이 2개, 여학생 반이 3개였다. 반명은 1, 2, 3반 같은 숫자가 아니라 역사적으로 유명한 위인들의 이름을 따라 지어서 신기하였다. 사임반, 석봉반, 선덕반, 충무반 등등…. 나는 사임반이었고, 새로운 친구들과의 생활이 시작되었다. 한 반의 인원이 60명 정도였는데, 입학 성적이 반에서 30등

안에는 들었는지 장학금이 나와서 학비 걱정도 일단은 한시름 놓았다. 1학년 때에는 신당동 이모 댁에서 신세를 지며 학교를 다녔다. 또, 학교를 다니면서 처음으로 요즘 책가방 비슷한 자주색 가방을 들고 다니기 시작했다.

나는 키가 작아 반에서 6번이었고, 짝꿍은 박연○였고, 단영○, 조경○, 조필○, 강금○ 등의 친구들과 친해졌다. 서울사범학교에는 똑똑하고 재주가 있는 친구들이 많아 안성에서 올라온 나는 눈이 돌 지경이었다. 친구들을 보면 공부는 공부대로 잘하고, 그림이면 그림, 올갠이면 올갠(올갠은 피아노와 비슷한 악기인데 당시 서울사범학교에는 음악 시간 외에 올갠 연주를 배우는 시간이 따로 있었다. 당시 국민학교 선생님은 올갠을 연주하며 학생들과 음악 수업을 진행하였다.), 못하는 게 없었다. 그런가 하면 공작 시간에 무엇을 만들면 왜 그리들 잘 만드는지… 서예 시간에 먹을 갈아 글씨를 쓰면 글씨는 왜 그리들 잘 쓰는지…

우리 큰오빠가 말하던 그대로 촌년이었던 나는 서울에 올라와서 첫 1년은 열심히 노력해서 친구들을 따라잡는다는 느낌으로 학교 생활을 하였다. 주눅 들어 시작한 학교생활이지만 선생님이 되어 교단에 서는 꿈을 이루고 있다는 생각에 힘들다는 생각은 들지 않았다. 그러나 몇몇 친구들은 사범학교에 온 것에 대해 불만을 가지고 있어 이상하게 보였다. 왜 오고 싶지도 않은 학교에 합격해서 다니고 있을까? 나중에 들어 보니 그 친구들은 인문계 고등학교에 진학해서 대학교를 가고 싶었다고 한다.

1학년 담임 선생님은 박철준 선생님으로, 미술 담당 교사였으며, 곱슬머리의 멋쟁이로 예술가 기질이 많고 재미있는 분이었다. 하지만 반을 꼼꼼하게 이끌지는 않으셔서 반 분위기가 자연스럽게 자유분방해졌다. 청소를 하지 않고 도망가는 아이들이 있어도 이런 것을 남아서 꼼꼼하게 확인하지 않고 알아서 하라며 종례만 마치고 나가시니 땡땡이치는 아이들이 많아졌다. 나같이 미련하고 고지식한 아이들 몇 명만 남아 청소하기 일쑤였고, 종례 시간도 들어오시지 않고 반장에게 알아서 끝내라는 날도 많았다.

2학년 때부터는 반 명칭을 위인 이름이 아닌 다시 1, 2, 3반과 같은 숫자로 불렀다. 2학년 담임 선생님은 교육원리 교육사 담당이신 김봉수 선생님이었다. 1학년 때와는 다르게 열심히 반을 이끌어 주시어 반 분위기가 평안해지고 모두들 열심히 자기 맡은 바 일을 하였다.

3학년 담임 선생님은 이응호 선생님이었다. 지구과학 담담 교사이셨고, 웃으시면 입이 귀까지 걸리는 인자하고 열성적인 선생님이셨다. 우리는 웃으시면 입이 커진다고 하여 '무한대'란 애칭을 지어 드렸다.

그 당시에 서울사범학교 졸업생은 원래 서울에 발령받는 것이었지만, 경기도의 국민학교 교사가 모자라니 성적순으로 잘라 상위 성적을 받은 졸업생들은 석차대로 서울 발령을 받고 하위 성적을 받은 졸업생들은 경기도 발령을 받았다. 3학년이 되니 서울 발령을 받을 수 있는 석차를 유지하는 것이 급선무가 되었다. 우리 3학년 4반 이응호 선생님은 그 당시에 30대의 젊은 선생님으로, 성심껏 우리를 지도해 주셨다.

안동 양반의 기품이 있는 선생님께서는 평소에 우리가 교사로서 갖추어야 할 덕목들을 강조해 주시곤 하여 나의 가치관 형성에 큰 영향을 주셨다. 서울 발령을 받아야 한다며 우리를 독려하시고 매일같이 수업 시작하기 1시간 전에 들어오셔서 우리에게 자습을 하라고 하시며 교단을 지키셨다. 자연히 우리 반은 수업 시작 전부터 조용히 각자 공부를 하였다. 이렇게 1년을 마치니 과연 우리 반은 경기도 발령을 받은 친구가 거의 없었다. 두고두고 고마운 이응호 선생님이시고, 지금까지도 존경한다. 나의 교사 생활에서 이응호 선생님의 말씀은 늘 마음에 남아 있었다.

나는 어렸을 때부터 키가 항상 작은 편이라 교실 맨 앞줄에 앉곤 했는데, 서울사범학교에 입학하면서 늦게 키가 크기 시작해서 졸업할 무렵에는 키가 159cm까지 자랐다. 현재 기준으로는 작은 키이지만 당시 여성 기준으로는 작지 않은 키였다.

작은오빠는 어려운 집안 형편을 생각했는지 결국 의대가 아니라 공군사관학교에 입학하였다. 대방동 공군사관학교에 작은오빠를 보러 가면 딱 붙는 짧은 상의에 각진 모자를 쓴 모습의 오빠가 참 멋져 보였다. 교내 식당에서 밥을 먹으며 숟가락을 직각으로 입으로 가져가 우습기도 하였다. 하지만 아쉽게도 건강에 이상이 생겨 중도에 공군사관학교를 퇴교해야만 했고, 퇴교 후에는 고등학교 때까지 가졌던 꿈을 이루겠다며 서울대학교 의대에 응시했지만 낙방하였다. 우리 집안 형편에 재수를 하며 공부할 여유는 없으니 결국 한양대학교 공대 토목과를 졸업하여 서울특별시청 공무원이 되었다. 작은오빠는 시청 공무원이 된 후 조금 여유가 생기자 이번에는 사진에 빠져서 열정을 사진에 쏟아부으며 몇 번 공모전에 수상까지 하였지만, 작가의 반열에 오르지는 못했다.

만약 작은오빠가 고등학교 때 의대를 가겠다는 것을 집에서 적극적으로 밀어주었거나 공군사관학교를 퇴교하고 나서 공백기를 감안해 서울대학교 의대보다 커트라인이 낮은 의대에 진학했으면 머리가 좋은 작은오빠는 의대를 어떻게든 졸업하여 사람들에게 존경받는 훌륭한 의사가 되지 않았을까 하는 아쉬운 생각이 지금도 들곤 한다.

서울사범학교 2학년 때이다. 당시 우리 4남매는 큰오빠는 한양
대학교, 작은오빠는 공군사관학교, 여동생은 무학여자중학교에 다
닐 때였다. 아버지는 이때 경찰관 생활에서 퇴직하셔서 서울에 올라
와 아는 분이 하는 사법서사 사무실에 다니셨고, 엄마는 식료품 가
게를 새로 시작하셨다. 나는 이모 댁에서 1학년을 신세 지며 학교에
다니다가 엄마, 아버지가 황학동에 셋집을 얻어 올라오시면서 다시
가족과 같이 살기 시작했다. 아버지와 엄마의 수입이야 뻔한데, 우
리 4남매가 모두 학교에 다니면서 학비를 쓰니 원래도 넉넉치 않았
던 형편은 이제 아에 가난한 살림살이가 되었다.

그러니 큰오빠의 대학교 등록금을 낼 때가 되면 아버지, 엄마의
근심이 이만저만이 아니었다. 이렇게 어려울 때가 되면 항상 해결사

로 나서는 것은 엄마이다. 공무원 생활을 퇴직하신 아버지는 남산골 샌님처럼 걱정만 하시지 선뜻 나서지 못했다. 아마도 1학기 등록금을 내는 때였나 보다. 큰오빠의 등록금을 미루다 미루다 마침내 안 내면 제적을 당할 지경이 되었다.

엄마는 날 데리고 전에 세를 살았던 명전이네 집에 갔다. 쌀쌀한 봄 날씨였는데, 안방에 들어가니 방 안이 훈훈하고 방바닥은 따끈따끈하였다. 여섯 살 딸 명전이와 그 남동생 네 살짜리가 얇은 옷을 입고 놀고 있다. 우리는 연탄을 아끼느라 공기구멍을 막고 때어 방 구들이 미적지근한데 아마도 명전이네는 연탄아궁이 불구멍을 열어 주고 때나 보다.

아랫목 쪽에 앉아 있던 명전이네 아빠와 엄마가 이리 앉으시라 반갑게 맞아 주었지만, 엄마와 나는 괜찮다며 윗목 입구 쪽에 앉았다. 엄마는 몇 마디 인사를 나눈 뒤 돈을 빌리려고 왔노라 사정을 하신다. 우리 큰 애 등록금을 이번에도 못 내면 제적당한다며 석 달 후에 꼭 갚을 테니 빌려 달라고 하신다. 명전이네 아빠와 엄마는 우리 엄마에 비하면 한참 젊은데, 나이 많은 엄마는 평소에 자존심 강하고 씩씩한 모습은 온데간데없고 젊은 부부에게 빌다시피 부탁하신다. 명전이네 아빠는 고민하는 표정을 지으면서도 "언제 갚으실 거냐?" 하고 몇 번 확인하고는 내일 오시면 드리겠다고 한다. 엄마

는 고맙다는 말을 몇 번이나 하며 일어서서 그 방을 나왔다.

그 집 쪽대문(큰 대문 두 짝 중 한쪽 문짝에 사람만 드나들게 만든 작은
문)으로 밖에 나오니 캄캄하고 이른 봄의 차가운 바람이 분다. 쪽대
문을 나서자마자 나는 간신히 참고 참았던 눈물을 쏟아 내며 막 울
었다. 조금 전에 우리 엄마가 젊은 부부에게 굽실거릴 정도로 사정
하는 모습이 너무 슬펐다.

"흐윽… 흐윽… 엄마, 우리 꼭 부자로 살자! 흑… 흑… 엄마, 난
꼭 부자로 살 거야!"

나는 어깨를 들썩일 정도로 울며 엄마에게 얘기하였다.

하지만 정작 엄마는 평소에 자존심이 무척 강한 사람이었는데도
아들의 등록금을 빌렸다는 안도감 때문인지 표정이 오히려 밝아 엄
마의 모성애는 그런 것인가 하는 생각이 들었다. 명전이네 아빠와
엄마도 물론 무척 고마운 분들이었지만, 그날의 일은 나에게 오랫
동안 깊은 상처로 남았다.

6

교사 생활의
시작

20살에 드디어
선생님이 되다

1960년 3월 12일, 서울사범학교를 졸업하였다. 졸업을 하면 교사 발령을 받기 전에 강습을 받는 기간이 있었다.

교사로 근무하기 위한 교양, 실무 등을 배우는 강습이다. 우리 12회 졸업생들은 종로5가에 있는 효제국민학교에서 강습을 받았다.

그해는 이승만 정권의 부정 선거가 있었다고 하여 무척 시끄럽던 때였다. 효제국민학교 앞길은 데모로 시끄러웠다. 4월 18일에는 그 앞길에 고려대학교 학생들이 머리띠를 두르고 어깨동무를 하고 구호를 외치며 지나갔다. 대학생들이 머리띠를 매고 부정 선거 무효를 외치는데, 몇몇 학생은 피 묻은 머리띠를 매고 얼굴에도 피가 묻은 채 지나갔다. 그러더니 4월 19일에는 대대적인 데모가 있었고, 우리는 학교 주변이 혼란에 빠진 가운데 강습이 중단되었다.

예전 같으면 강습이 끝나면 일괄적으로 발령이 났겠지만 나라가 혼란하니 12회 졸업생들은 발령이 계속 늦어졌다. 우리 12회 졸업생들은 1명, 2명씩 남학생들부터 발령이 나기 시작하였다. 남학생들의 발령을 먼저 내는 것은 군대 가는 것 때문이라고 한다. 남학생들이 모두 발령이 난 다음에 여학생들 발령이 났는데, 역시 한 명, 두 명씩 났다. 1960년의 여름이 지나고 가을이 왔다. 역시 석차순으로 발령이 나는데 전체에서 30여 등으로 졸업한 나는 이 가을도 그냥 지났다. 이제나저제나 하고 기다렸다.

그러던 1961년 1월의 어느 날이었다. 마침 마당 수돗가에서 일을 하고 있는데 대문을 넘어 우편물이 툭하고 날아왔다. 집에 우편함을 달아 놓지 않아 신문을 던져 놓듯이 우편물도 그런 식으로 던져졌다. 얼른 집어서 읽어 보니 성북구 정릉동에 있는 정덕국민학교로 언제까지 나오라는 발령 통지서였다. '아! 됐다! 발령이 났다!' 그 소식을 들은 부모님도 기뻐하셨다. 이제 나도 선생님이 되어 아이들을 가르치고 월급도 받을 생각을 하니 내 세상이 온 것 같았다.

막상 출근날이 다가오는데, 입고 갈 옷이 마땅치 않았다. 추운 겨울인데 겉에 입을 외투가 없어 신당동 이모한테 가서 검은색 반코트를 빌려서 왔다. 설레는 맘으로 첫날 출근하였다. 정덕국민학교는 성북구 아리랑 고개 넘어 돌산 밑에 있는 조그만 학교였다. 교무실로 들어가니 체격이 조그마한 남자 선생님이 서서 올갠 건반을 눌러 보고 있다. 고개를 숙여 인사한 후에 이 학교에 발령을 받아 왔다고 말씀드리니 "아, 그래요?" 하시더니 교장실로 들어가자고 하신다. 그분이 정덕국민학교 교장 선생님이신 조광호 선생님이셨다. 교장 선생님은 몇 가지 간단히 물어보시더니 앞으로 열심히 하라고 당부하셨다. 정덕국민학교에서 시작된 교사 생활은 조광호 교장 선생님의 사랑과 격려가 정말 큰 힘이 되었다.

내가 처음 학교에 가던 날에 일직이셨던 선생님은 하도 어려 보이는 사람이 와서 교장실로 들어가길래 서무실 보조 직원이 새로 온 줄 알았다고 하셨다. 그때 내 나이가 스무 살이니 연세가 드신 어떤 남자 선생님은 가끔 '아씨'라고 농담 섞인 애칭으로 부르시기도 하였다. 얼마인가 후에 환영회 겸 회식이 열렸을 때 노래를 해 보라고 해서 나는 "노란 샤쓰 입은 말 없는 그 사람이…"로 시작되는 '노란 샤쓰 입은 사나이'를 불렀는데, 식당에서 일하던 언니들이 와서 같이 박수를 처 주던 일도 생각이 난다.

방학 중에 발령을 받았으니 집에 있다가 겨울 방학이 끝나고 개학이 되었을 때 출근하기 시작하였다. 하지만 봄 방학이 끝나고 새 학기가 시작되기 전까지는 내가 맡을 반이 없었다. 한 달이나 맡은 반도 없이 출근하려니 그것도 고역이었다. 아침 조례가 끝나면 대부분의 교사들은 담임을 맡은 자기 반으로 가고, 교무실에는 오후반 교사들만 남는다. 오후반 교사들도 교안 쓰랴, 교재 준비로 바쁜데 나는 혼자서 멍하니 할 일이 없었다. 가끔 고학년 교사들이 채점을 부탁하면 해 주고… 통계를 부탁하면 해 주고…. 이렇게 한 달을 무료하게 보냈다.

3월 새 학기가 되어 담임이 발표되었는데, 3학년을 맡게 되었다. 나도 이제 진짜 선생님이 되어 아이들을 가르칠 생각을 하니 기분이 좋으면서도, 처음이니 긴장이 많이 되었다. 선생님이 되어 처음으로 당황했던 일은 참관 수업을 진행하는 날이었다. 원래 참관 수업에서 어머니들은 뒤에서 참관만 해야 하는데 수업 중에 어머니들이 자기 아이들에게 우르르 몰려가서 과제를 도와주었다. 병아리 교사라서 수습도 못 하고 어쩔 줄 몰라 했다.

정덕국민학교에서 씁쓸했던 기억은 취학 통지서를 돌릴 때였다. 그때에는 교사들이 집집마다 돌아다니며 취학 통지서를 직접 돌렸다. 주소를 보고 찾아가서 취학 통지서를 전달하려 하면 반가워하는 학부모가 별로 많지 않았다. 돈암국민학교가 가까이 있었는데, 당시에는 그 학교가 좋다고 소문이 나서 우리 학군에서 정덕국민학교는 선호도가 떨어졌다. 아이들이 하교한 후에 학교 뒤의 돌산에서 폭파 작업을 해서 가끔 학교 운동장에 돌덩이가 떨어지는 환경이었으니, 학부모들이 당시 기피했던 것도 이해는 되었다.

정덕국민학교 초임지는 조광호 교장 선생님과 박지수 선생님, 김용상 선생님, 정인화 선생님 등 유능한 선생님들과 나와 서울사범학교 12회 동창으로 먼저 발령받아 와 있던 송영○ 선생님, 나의 1년 선배로 유난히 예쁘고 똑똑했던 안옥○ 선생님이 계셔서 학교생활이 즐거웠다.

그리고 내가 가르쳤던 학생들 중에는 영국 신사처럼 잘생기고 듬직한 유진○ 학생, 발랄하던 최○종 학생, 가냘픈 체격이지만 열심이던 이상○ 학생, 또래보다 큰 키의 유성○ 여학생 등이 기억이 많이 난다. 모두들 지금 60대의 노신사나 여사님으로 이 세상을 같이 살고 있겠지?

그때는 내 나이가 20대 초반이니 모든 것이 즐겁고 새롭고 활기가 넘치던 때였다. 아이들과 소풍을 다녀와 학교에 도착해서 다른 동료 선생님들이 피곤하다고 하면 나는 '이까짓 소풍이 무엇이 힘들다고 하나?' 속으로 생각하였다. 아니, 그때는 아예 '피곤'이라는 단어의 뜻이 무엇인지 이해가 되지 않는 때였다.

즐거웠던
야간 대학 공부

우리 서울사범학교 12회 졸업생 대부분은 졸업하자마자 바로 성균관대학교 야간부에 입학하였다. 남자 동기 몇 명은 고려대학교에 가고, 이화여자대학교에 입학한 여자 동기도 몇 명 있었다. 나는 어려운 집안 형편을 생각하여 대학교에 가지 않고 교사 생활을 하다가 늦게 동덕여자대학교 야간 대학 국문학과에 입학하였다. 원래 시와 소설 등의 문학에 관심이 많았고, 교사 생활에도 도움이 될 듯하여 국문학과를 선택했는데, 동덕여자대학교를 택한 것은 우리 집에서 가까웠기 때문이다. 그 당시에 동덕여자대학교는 안국동 사거리에 있어 황학동에 위치한 우리 집에서 가까웠다.

나는 야간 대학에 들어가서야 처음으로 공부하는 방법을 알게 되었다는 생각이 들었다. 국민학교, 중학교, 고등학교 내내 그간 경험했던 12년 동안의 공부는 선생님이 가르쳐 주시는 내용을 숙지하는 것으로 그치지만 대학교에서는 교수님이 가르쳐 주시는 내용을 이해하는 것으로 그치지 않고, 해당 주제나 문제를 중심으로 다방면으로 자료를 찾아 정리하고 스스로 탐구하는 능동적인 연구의 자세가 필요했다.

야간 대학을 다니는 학생들이지만 저마다의 사연을 가지고 스스로 들어온 만큼 수업 분위기는 진지하였다. 낮에 직장에서 일하다가 밤에 공부하러 왔으니 다들 지치고 힘들 만도 한데, 수업 시간에 조는 학생은 한 명도 없었다.

당시에 우리를 가르쳐 주신 교수님들은 모두 한국 국문학계에서 저명하신 분들이었다. 지금 생각하면 그분들이 서울대학교, 성균관대학교 등의 정교수임에도 불구하고 야간 대학에서 강의하신 것은 아마도 당시 교수 월급이 충분하지 않아서가 아닐까 생각된다. 국문과 주임 교수님은 정한모 시인이셨고, 이숭녕 교수님, 시조에 권위자이신 이태극 교수님, 소설 『오발탄』을 쓰신 전광용 교수님, 이명구 교수님, 한문 강독을 가르쳐 주신 조용욱 학장님 등 한국 국문학계의 거장들에게 강의를 들을 수 있다는 것은 큰 행운이었다.

교수님마다 강의하는 스타일도 독특하셨다. 이숭녕 교수님은 항상 조금 늦게 교실에 들어오신 후에 바로 강의를 시작하지 않고 칠판 앞을 왔다 갔다 하시며 "으음, 어제 말이야… 우리 집 마당을 파서 공사를 했는데… 옛날 일본 사람들이 얼마나 일을 꼼꼼히 잘했는지…." 같은 시시콜콜한 얘기를 하시고, 어느 날은 "지난 토요일에 산에 갔다 왔는데…" 등 느릿느릿 일상 이야기를 한참 하시고 나서야 수업을 시작하셨다. 반면에 이태극 교수님이나 이명구 교수님은 정확한 시간에 들어오셔서 바로 수업을 시작하셨다.

그런가 하면 시험을 치르고 나면 점수를 후하게 주시는 분이 있는가 하면 아주 박하신 분도 계셨다. 특히, 전광용 교수님은 내 딴에는 시험을 잘 보았다고 생각할 때에도 점수를 아주 박하게 주셨는데, 그때 나는 전광용 교수님이 낮에는 서울대학교 국문학과 학생들을 가르치다 보니 서울대학교 학생들보다 우리들의 실력이 뒤떨어진다고 느끼시는 것이 아닌가 하는 생각을 했었다. 시험을 보고 나면 기대 이상의 좋은 답안을 쓴 학생들의 이름을 호명하며 칭찬하는 일도 있었는데, 오○숙이라고 경기여자고등학교를 졸업하고 '산업은행'에 일등으로 들어가 근무하면서 들어온 친구와 이○영이란 친구가 특출하여 시험을 치르고 나면 교수님께 칭찬을 받는 일이 많았다.

비록 야간 대학이지만 학생들 간의 교류도 활발하였다. 봄, 가을 소풍은 학생들이 계획을 세워 버스를 대절하여 놀러 갔다. 산정호수, 팔당호, 남이섬 등으로 과 학생들 전체가 조교를 모시고 가서 노래도 부르고 사진도 찍으며 즐겁게 지냈다. 좋은 공연이나 영화가 있으면 과 주임이신 정한모 교수님의 허락을 받아 휴강하고 단체로 몰려가서 관람을 하는 등 즐거운 시간이 많았다.

우리 과 친구들 중에는 산업은행에 다니는 오○숙, 동아방송 성우인 김○옥, 나중에 초등학교 교장으로 은퇴하는 이○영, 날씬하고 예쁜 긴 머리의 윤○자, 목소리가 하이 톤인 원○강, 고민에 빠져 시를 쓰던 박○자, 강원도 국회의원 딸 이○선, '한국유리'에 근무하던 방○자, 여군 출신 김○년 등이 기억에 많이 남는다. 그때 만난 친구들은 50년이 지난 지금까지도 한 달에 한 번씩 만나 수다를 떨고 일 년에 한 번씩 같이 여행을 떠나는 평생의 친구가 되었다.

졸업을 앞두고 우리 모두 한복을 차려입고 태화관이라는 중국집에서 교수님들을 모시고 사은회를 하며 이별을 아쉬워하였다. 나도 그날 울컥해서 눈물을 찔끔 흘렸는데, 무슨 말을 하다가 그랬는지는 기억이 나지 않는다. '허바허바 사진관'에 가서 정한모 주임 교수님과 조교 2분을 모시고는 국문과 전체 기념사진도 찍었다. 마침 동덕여자대학교가 그해 처음으로 대학 졸업식을 해서 일간지에도 사진이 나왔다.

우리 국문과는 졸업식 때 나와 오○숙, 이○영 세 명이 주간 학생들을 제치고 우등상을 수상하였다. 다행히 야간 대학 다닐 때에는 성적이 좋아 장학금을 받아 학비 걱정을 하지 않았다.

KBS 라디오
〈퀴즈 열차〉 출연

요즘은 TV에 여러 가지 퀴즈 프로그램이 방영되지만 당시에는 TV가 보급되지 않은 시절이었으니 라디오 방송에 퀴즈 프로그램이 있었다. KBS 라디오 방송에 〈퀴즈 열차〉라는 프로그램이 있었다. 일주일에 한 번씩 방송하였고, 사회자는 당시 유명했던 박종세 아나운서였다. 방송이 시작되면 '칙칙폭폭, 칙칙폭폭' 요란한 기차 소리가 나오고 이어 박종세 아나운서가 "퀴~이~즈 열차!"라고 구성진 목소리로 힘차게 외치면 방청객의 박수로 시작된다.

진행 방식은 2명의 출연자가 나와 아나운서가 문제를 내면 "스톱"을 먼저 외치고 정답을 맞혀 상대방을 떨어뜨리는 방식이다. 이렇게 하여 7명을 떨어뜨리고 7번째 역에 도착하면 우승하는 프로그램이다. 출연자는 대학생이든 일반인이든 자격 제한이 없었다.

집에서 〈퀴즈 열차〉를 몇 번 들어 보니 별로 어렵지 않아 나도 나가면 7명 정도는 물리칠 자신이 생겼다. 남산 밑에 있는 KBS 방송국에 가서 신청을 하고 정해진 날짜에 갔다. 방청석에는 사람들이 꽉 차 있었고… 드디어, 내 차례가 되어 무대에 올라갔다. 반대편 멀찍이 상대방이 서 있고, 한쪽에 박종세 아나운서가 서 있다. 반대편에 서 있는 건 남자 출연자였다. 무대에 올라가면 무척 떨릴 줄 알았는데, 생각보다 떨리지 않아 다행이었다.

그때 나온 문제는 잘 기억나지 않지만 한 사람 물리치고… 또 한 사람 물리치고…. 그때마다 방청석에서 박수가 터져 나왔다. 중간중간 박종세 아나운서의 잘 맞힌다는 멘트도 듣고…. 요즘 읽는 책이 무엇이냐 묻기에 『엽전의 비애』라고 답하니 방청석에서 "와~아!" 하고 웃었다. 첫 출연 한 날 생각나는 퀴즈 문제 하나는 원세개를 맞히는 것이 있었다. 그 설명이 나오기가 무섭게 "스톱"을 외치고 "원세개입니다." 하고 맞히니 방청객들의 박수 소리가 유난히 컸다. 같이 방송국에 와서 앞자리에 앉아 있던 작은오빠가 신나게 박수를 쳐주던 모습이 눈에 선하다. 그날은 5명을 물리친 채 시간이 끝나고 다음 주로 넘어갔다.

다음 주가 되었다. 지난주에 5번을 승승장구하였으니 이번에도 나머지 2번은 가볍게 넘겠지 하는 마음으로 자신만만하게 올라갔다. 역시 프로그램 시작을 알리는 요란한 기차 소리와 함께 〈퀴즈 열차〉가 시작되었다. 반대편에는 남자 출연자가 서 있다. 박종세 아나운서가 시를 읽어 준다. 시인을 맞히는 문제이다.

"한잔의 술을 마시고
우리는 버지니아 울프의 생애와
목마를 타고 떠난 숙녀의 옷자락을 이야기한다.
(……)"

아… 그런데… 그런데… '시인 박 뭣인데' 하며, 계속 '박? 박…?' 하고 머릿속에서 뱅뱅 맴돌기만 하고 생각이 나지 않는다. 그때 저쪽 출연자가 "스톱" 외치더니 박인환 시인을 맞히는 것이다. 나는 지난주에 5번을 신나게 달려와 6번째에서 떨어졌다.

우승은 못 했지만 덕분에 방송국 구경도 하고 당시 유명했던 박종세 아나운서도 직접 보았으니 잘한 노릇이라 생각했다. 하지만 더 흥미로웠던 것은 〈퀴즈 열차〉에 출연하고 난 후 우리 집에 엄청나게 많은 남자들의 편지가 온 사실이다. 방송국에 연락하여 주소를 알아내어 편지를 그렇게 많이 보낸 것을 보면 옛날이나 지금이나 방송의 힘은 대단하다.

첫 이성 교제의
추억

　교사로 첫 발령을 받아 정덕국민학교에서 근무할 때 서울사범학교 12회 동기인 송영○ 선생과 같이 근무하였다. 어느 날, 송영○ 선생이 자기 중학교 친구를 소개시켜 준다고 했다. 송 선생하고는 서울사범학교 동기이니 친구 같은 느낌도 있어 12월 31일이면 내 여동생이랑 송 선생의 남동생이랑 같이 종각에 제야의 종소리도 같이 들으러 가던 사이였다.

　내가 워낙 무뎌서 남자에 대하여 별다른 연애 감정을 느끼지 못하였고, 내 머릿속에는 엄마가 항상 하시던 "너는 오빠들 둘이 다 장가간 다음에 시집가야 한다"는 말씀이 깊이 각인되어 있어 딱히 남자를 만난 적도 없었다. 그런데 어쩐 일인지 송 선생이 소개해 주는 동창을 만나게 되었다. 호리호리하고 키가 큰, 선량해 보이는 대학생 L이었다. 가끔 만나면 읽은 책에 대해 이야기하다 헤어지고, 그다음에 만나도 책 이야기만 하며 걷다가 헤어지지만 그다지 싫지 않고, 만나면 재미있는 철학과 학생이었다. 그 사람의 친구들과 같이 면목동 포도밭에 가서 포도를 먹기도 하고… 같이 걷다가 계단을 오르고 나서 내가 몇 개의 계단을 올라왔다고 말하면 그걸 세었냐며 신기해하고…. 언젠가는 김 선생님의 눈빛이 맑다는 얘기도 한 것 같다.

편지도 주고받았는데, 문학을 좋아했던 나는 특히 편지를 주고받는 것이 즐거웠다. 언젠가는 편지 봉투 속에 팬지 꽃씨를 보내며 꽃 이야기도 하고…. 크리스마스에는 내가 크리스마스카드를 만들어 보내기도 했다. 손을 한번 잡은 적도 없으니 연애라고 하기에는 절대 무리지만 그렇다고 그냥 친구라고 하기에는 좀 더 가까운 사이가 아니었나 싶다.

어느 여름날이었다. 서울사범학교 2학년 때 같은 반 짝꿍이었던 윤호○(사범 입학시험 실기 때 옆에서 그림을 잘 그리던 친구)이네 집에 놀러 갔다. 그 친구는 서울에 위치한 미국 대사관 근처에 살다가 경기도 광주 초월면으로 이사를 했다. 시골에 가니 한적하고 좋았다. 개울에 가서 물에 들어가 놀기도 하고, 신나게 놀다가 늦게 집으로 왔다.

그런데 집 대문을 열고 들어가자마자 엄마가 도끼눈을 하고 대뜸 소리를 지르며 야단을 치는 것이다.

"어디 가서 누굴 만나다가 지금 왔냐?"

나는 뜬금없는 엄마의 호통에 "무슨 소리야. 나 광주 윤호○이네 집에 가서 놀고 왔어." 하니 그제서야 자초지종을 말씀하신다.

오늘 낮에 L이 우리 집에 왔었단다. 전에 우리 집 근처까지 같이 걸어오며 대충 집의 위치를 말했는데 기억했다가 온 듯하였다. 초인종 소리에 대문을 열고 나가니 자기소개를 하며 인사드리러 왔다며 꾸벅 인사를 하더라고…. 그러면 집에 들여 물 한잔이라도 주셨으면 좋았을 텐데…. 대문에서 다짜고짜 다시는 내 딸을 만나지 말라고 소리소리를 지르며 돌려보냈다는 것이다. 내가 L의 집에 갔을 때 그 어머니는 우리를 친절하게 대해 주셨는데, L의 입장에서는 얼마나 비교되고 실망했을까?

그 후 한동안 L과의 만남이 없었고, 편지 연락마저 끊어졌다. 그러던 어느 날, 내가 편지를 썼다. 개나리꽃 우표와 진달래꽃 우표 2장을 편지와 함께 편지봉투에 넣으며 나를 계속 만나자고 하면 개나리꽃 우표를 붙여 답장을 보내고, 계속 만날 생각이 없으면 진달래꽃 우표를 붙여서 답장을 보내라고 편지를 보냈다.

답장을 기다렸다. 드디어 편지가 왔다. 그런데 겉봉에 붙어 있는 우표는 내가 보낸 개나리꽃 우표도 아니고 진달래꽃 우표도 아닌, 우체국에서 파는 다른 우표였다. 나는 일단 실망하며 편지를 뜯었다. 매우 담담한 어조로 취업 준비로 무척 바쁘다는 내용이 적혀 있었다. 어쩌면 답장에 붙어 있던 그 우표가 L의 진짜 속마음을 얘기하고 있었는지도 모른다. 그 편지를 마지막으로 내 생전 처음 경험한 이성 교제는 끝이 났다.

하얀 보자기에 저녁노을 빛이 살그머니 지나간 듯, 호수 위에 봄바람이 살짝 지나간 듯한 생애 첫 이성 교제이자 이별이었다.

7

험난했던
결혼으로의 길

학생 수 7,000명!
금호국민학교

조용하고 자그마한 정덕국민학교에서 4년간의 첫 교사 생활을 마치고 나서 발령이 난 학교는 성동구에 있는 금호국민학교였다. 이 책을 쓰며 금호초등학교의 학생 수를 찾아보니 2020년 기준 600명 정도인데, 내가 금호국민학교에 발령받아 갔을 때에는 학교의 전체 학생 수가 대략 7,000명 정도였다. 조용한 학교에서 근무하다가 처음 금호국민학교에 가니 정신이 없을 정도로 복잡했다.

반 하나의 학생 수가 대략 70명 정도이고, 70명이 넘는 반도 많았는데, 내 기억으로는 1학년이 21반, 2학년이 18반, 3학년이 16반, 4학년이 16반, 5학년이 14반, 6학년이 14반이 있었다.

한 반에 70명씩 잡고 반 수를 곱해 보면 전체 학생 수가 6,945명인데, 70명이 넘는 반도 많았으니 7,000명이 넘는 것은 맞다. 고학년이 될수록 학생 수가 줄어드는 것은 당시 중학교 입시 제도가 있어 전학을 가는 학생들이 많았기 때문이다. 정덕국민학교에서는 돈암 국민학교로 전학 가는 아이들이 많아서 속상했는데…. 이번에는 금호국민학교에서 근처에 있는 장충국민학교로 전학 가는 아이들이 많아서 학교를 다니는 내내 마음이 편치 않았다.

저학년은 학년 초에 학사 일정이 늦어져 교사 배정이 늦어지면 오전반, 오후반의 2부제를 넘어 3부제 수업을 한 적도 있었다. 워낙 교사 숫자가 많다 보니 같은 학교에 근무해도 같은 학년이 아니면 교사들도 서로 이름과 얼굴을 헷갈릴 정도였다. 1학년에 반이 21개나 되니 학교에서 1학년 선생님들은 아예 따로 교무실을 마련해 주었다. 고학년은 교실 한 개를 차지하고 수업을 하니 고학년을 맡은 담임 선생님들은 아침 조례와 종례 시간에만 교무실에 내려오고 대부분의 시간을 담당 교실에서 보냈다.

나는 1학년을 맡았는데, 학생들의 수준도 천차만별이라 반듯하게 예절 바른 학생이 있는가 하면 학교가 뭔지, 선생님이 뭔지 전혀 개념이 없이 온 학생들도 있었다. 학기 초 우리 반에 정말 학교에 대한 개념이 전혀 없는 남학생이 하나 있었다. 수업 시간에 마음대로 돌아다니고, 소리 지르고 하니 도저히 수업을 할 수가 없어 앞으로 불러내 야단을 치려 하니 "에이, 씨~팔." 하며 주먹을 불끈 쥐고 덤

비려고 해서 깜짝 놀랐다. 나는 이러다 큰일이 날 것 같아서 얼른 들어가라고 한 후에 한동안은 학교 분위기를 익히라고 그냥 내버려 두고 수업하였다. 이렇게 한 달이 지나고 나니 그 학생도 학교는 선생님 말씀을 듣는 곳이라는 개념이 생기며 서서히 따라왔다. 성이 남 씨였는데, 이름도 또렷하게 기억이 난다. 나중에는 노래를 시키면 부끄럼 없이 나서서 교실 천장을 올려다보며 큰 소리로 노래를 부르는 모습이 귀여웠다.

그때에는 1학년 학생들도 2학기가 되면 오후반 수업을 마치고 교실 청소를 해야 했다. 1학년 1학기는 5학년 학생들이 와서 청소를 해 주지만, 2학기부터는 1학년 꼬마들이 스스로 청소를 해야 한다. 1학년 꼬마들은 선생님들이 항상 옆에서 도와주기는 하지만 집에서 한 번도 해 본 적이 없는 청소를 책상과 의자까지 밀어 가면서 하는 것이 결코 쉬울 수가 없었다. 그러니 1학년 담임을 맡으면 항상 청소가 큰 숙제였다.

한 번은 청소 시간에 우리 반 남자아이에게 수도에 가서 꽃병을 부숴 오라고 시켰다. 한참 만에 아이가 왔는데, 빈손으로 왔다. "꽃병은?" 하고 물어보니 깨끗하게 부시고 왔다고 한다. 나는 씻어 오라는 얘기였는데, 그 아이는 어디 가서 돌로 열심히 때려 부수고 온 모양이었다. 아이가 다치지 않은 것이 천만다행이었다.

학생 수가 많았을 때에는 학기가 시작되면 선생님은 담임을 맡아 처음 만나는 70~80명의 자기 반 학생들 이름을 빨리 외우는 것이 큰 숙제였다. 나는 학기가 시작되면 첫날에 출석을 부를 때 한명, 한 명 얼굴을 보며 그 아이의 특징을 살펴본다. 둘째 날에 출석을 부르면 그 아이의 특징을 하나하나 머리에 그려 넣는다. 그리고 셋째 날에 출석을 부르면서 얼굴을 살펴보며 특징을 기억해 내면 이름이 거의 다 외워진다. 학기가 시작되고 사흘 정도 지나고 어떤 학생이 전에 입지 않았던 다른 옷을 입고 등교하면 나는 그 학생 이름을 부르며 "○○야, 그 옷 참 예쁘다. 누가 사 줬니?" 하고 물어본다. 그러면 새로운 선생님이 금방 자기 이름도 알고 다른 옷을 입은 것까지 알 정도로 관심을 받는다는 생각에 그 학생은 눈이 동그래지며 좋아한다. 수업 시간에 지명할 때에도 "○○야, 나와서 이거 풀어 봐." 하는 식으로 이름을 부르면 '학기가 시작되자마자 내 이름을 기억할 정도로 선생님이 나를 특별하게 생각하는구나!' 하는 생각에 아이들이 무척 좋아하였다. 나는 교사 생활을 할 때 선생님들 중에서도 학생 이름을 빨리 외우는 편이었는데… 내가 사람 이름을 외우는 데 소질이 있다는 사실을 이 책을 쓰면서 깨닫게 되었다. 70년이 넘는 세월이 지나도 그때의 친구, 선생님, 이웃들의 이름이 대부분 또렷이 기억이 나니 신기하다.

금호국민학교에서도 생각이 나는 얼굴들이 많다. 1학년 때 우리 반 반장을 하던 얼굴이 오목조목하고 또렷했던 임○직 학생은 지금 어떻게 살고 있을까? 고학년을 맡았을 때 공부를 잘하던 이영○란 학생은 전문직 여성으로 살고 있을까? 쌍꺼풀눈이 예뻤던 정○란, 유난히 착하고 사랑스러웠던 오금○은 어떤 신랑을 만났을까? 또, 유난히 착하던 김순○와 키가 작은 김유○은 둘이 무척 친하면서 교실에서 궂은일도 마다하지 않고 해 주어 기억에 많이 남는다.

그이를
만나다

금호국민학교에서 2부제 수업으로 같이 교실을 쓰던 오 선생님이
내가 마음에 드셨는지 당신의 동생을 한 번 만나 보라는 말씀을 하
신다. 아이들 지도에 모범을 보이시는 선배 여선생님이라 평소 따르
는 마음은 있었지만, 엄마가 "너는 오빠 둘이 장가간 다음에 시집가
야 한다"고 입버릇처럼 말씀하셨던 터라 여러 번 사양하였다.

1966년, 모란꽃이 흐드러지게 피는 화려한 계절 5월이 되었다.
그때에는 여자대학교에서 메이퀸을 뽑는 축제를 하는 때였다. 어렸
을 때부터 예쁘다는 소리를 많이 듣던 내 여동생은 다니는 대학교
의 메이퀸 대회에 나가 2등을 하였다. 항상 극성스러웠던 우리 엄마
는 여동생이 교내 미인대회에서 수상하자 혹시 연예인이 되면 어떨
까 싶어서 당시 신상옥, 최은희가 소속되어 있던 국내 최고의 영화

기획사를 수소문해서 무작정 찾아갔었다고 한다. 그런데 하필이면 영화사 문을 열자마자 보이는 첫 모습이 20대 초중반으로 보이는 젊은 아가씨 서너 명이 담배를 피우고 있던 모습이었고, 엄마는 기겁을 해서 바로 돌아서서 집으로 돌아오시고 이후에는 여동생을 연예인으로 만든다는 생각을 다시는 하지 않으셨다. 우리 엄마는 괄괄한 이북 여인이었지만 평생 술을 단 한 번도 입에 대지 않을 정도로 보수적인 분이었고, 내가 직장 생활을 하며 어쩌다 맥주 한잔을 하는 것도 여자가 술을 마신다며 굉장히 못마땅해하셨다.

나도 그해에는 5월에 되자 괜히 마음이 들떴는데, 마침 오 선생님이 다시 한번 당신의 동생을 만나 보라는 말씀을 하신다. 계속 거절하기도 죄송해서 그냥 어른 말씀을 한 번 듣자는 마음으로 약속을 잡았다. 지금은 없어졌지만 당시에는 유명했던 초원다방에서 만나기로 했다. 당연히 오 선생님이 같이 나오시려니 했는데, 약속 장소에 가니 오 선생님은 보이지 않고 웬 남자가 다가오더니 "혹시 김정자 선생님이세요?" 하고 묻는다. 첫인상은 크지 않은 키에 수수하고 모나 보이지 않은 사람처럼 느껴졌다. 오 선생님을 닮았을 거라 생각하고 나갔는데, 별로 닮아 보이지는 않았다. 그날 만나고 들어가서는 누님에게 "요즘 처녀 같지 않았다"는 칭찬을 했다는 얘기를 오 선생님에게 들었다.

그이를 두 번째 만나는 날에는 창경원에 갔다. 큰 수레바퀴에 의자가 달려 천천히 한 바퀴를 도는 기구를 타고 내려 둘이 나란히 걷는데, 그이가 느닷없이 "우리 결혼합시다." 하는 것이다. 나는 이 사람이 미쳤나? 두 번 만났는데 서로에 대해 무엇을 안다고 결혼하자는 얘기를 하나 싶었다.

어쨌든 이 일이 있고 나서 엄마에게 자초지종을 말씀드리고, 엄마도 한번 만나 보시라고 말씀드렸다. 그 당시 나는 야간 대학도 졸업해서 퇴근하면 딱히 할 일도 없고, 더구나 토요일에는 학교 근무가 일찍 끝나면 또래 젊은 선생님들은 데이트를 한다며 신나게 퇴근하는데, 해가 쨍쨍하게 떠 있을 때 집에 들어가는 것도 따분하여 연애를 하고 싶은 마음도 전과 달리 강해졌다. 나랑 같이 나가서 그이를 만나고 나서 엄마는 학교는 연세대학교 경영학과를 나왔고 직장에서도 인정받는 젊은이라고 하니 그만하면 괜찮다고 말씀하셨다.

그런데 그게 아니었다. 날이 지나면서 결혼에 반대하는 이유가 하나씩 하나씩 늘어만 갔다. 처음에는 그 집안이 상처한 내력이 있으니 시집가면 너도 일찍 죽는다는 이유로 반대를 하셨다. 그이의 아버님과 할아버님이 모두 일찍 상처하신 내력을 문제 삼으시는 것이다. 한동안 그러시더니 이번에는 연로한 시할머니와 딸린 식구들이 많아서 시집가면 고생한다는 이유가 추가되었다. 그이는 자기는 빈털터리라는 얘기를 했고, 엄마는 딸린 식구는 많고 가진 것은 없으니 시집가면 고생만 한다며 거세게 반대하셨다.

아버지는 그이의 어머니가 일찍 돌아가신 사실을 탐탁지 않게 여기셨다. 당신이 부모님을 일찍 잃은 아픔을 겪으신 터라 "사람은 부모 밑에서 자라야 해요."라는 말씀을 자주 하시고는 했다. 괄괄한 어머니는 적극적으로 반대를 하시고, 침묵으로 일관하는 아버지. 나하고 사이가 좋은 여동생은 '좋다, 싫다'에 대해 일언반구도 언급이 없었다. 나는 그이가 점점 더 좋아지는데…. 그래서 서울특별시청에서 근무하고 있던 작은오빠에게 그이를 한 번 만나봐 달라고 부탁을 하였다. 그이를 만나고 온 작은오빠는 "야! 그 사람 괜찮은 사람이야! 그런 사람이면 좋아! 100점 만점에 85점은 넘어. 만나도 좋겠어." 하며 그이를 칭찬하였다. 작은오빠는 6.25 당시 전쟁터를 헤맬 때에도 11살이라는 나이가 믿기지 않을 정도로 나를 챙겼고, 내가 서울사범학교 도전이라는 인생 일대의 도전에 나서 길이 보이지 않을 때 원서를 내준다고 나섰는데… 결혼이라는 중요한 인생의 갈림길에서도 든든한 내 편이 되어 주었다. 하지만 작은오빠의 칭찬은 정작 집안에서 큰 힘을 발휘하지는 못했다.

이제 내가 기댈 언덕은 어머니의 여동생인 이모밖에 없었다. 이모에게 부탁해서 그이를 한 번 만나봐 달라고 부탁하니 이모가 흔쾌히 나가 만나고 오셨는데, 대만족이셨다. 이모는 엄마에게 여러 차례 좋은 신랑감이니 정자가 하고 싶은 대로 그냥 내버려 두라고 권하였지만, 엄마의 반대는 오히려 극단으로 치달았다.

그 후 그이와 몇 번을 더 만났지만 엄마, 아버지도 반대하고 아직 죽자 살자 할 정도로 뜨거운 사이도 아니었기 때문에 한동안 만남이 뜸해졌다. 그러다가 다시 만나는 날 그이에게 "위로 오빠가 둘이나 장가를 가지 않아 나는 결혼을 못 하니 내 친구를 소개시켜 주겠다"라고 말하고 헤어졌다. 실제로 내 친구에게 이러이러한 사람이 있으니 소개시켜 주겠다며 약속까지 하였다.

하지만 친구를 소개시켜 준다는 약속을 이렁저렁 실행에 옮기지는 못하고 몇 달의 시간이 흘러갔다. 2부제로 같은 교실을 사용하던 오 선생님은 다음 해에는 저학년을 맡으시면서 고학년을 맡은 나와는 교무실도 따로 쓰게 되어 대하는 시간도 자연스럽게 줄어들었다. 그런데 어느 날, 오 선생님이 부르시더니 동생을 다시 한번 만나 보라고 권하신다. 나는 내심 놀라서 아직 결혼하지 않았느냐고 물어보니 아직 안 했다고 해서 오랜 공백 끝에 다시 그이를 만나기 시작하였다.

결혼을
결심하다

어느 날 그이랑 길을 걷고 있었다. 리어카에 짐을 잔뜩 싣고 오르막길을 힘들게 끌고 가는 사람이 있었다. 그이는 얼른 리어카 뒤로 가서 한 번도 본 적도 없는 사람을 도와 한참을 밀어 주더니 내리막길에 다다르자 손을 툭툭 털고 아무렇지도 않게 오는데, 무척 믿음직스럽고 성실한 사람이라는 인식이 내 마음에 둥지를 틀었다. 그날 이후로는 만나자는 전화가 오면 무조건 OK였다. 그이는 고등학교 때 씨름과 싸움 실력으로 학교에서 유명했다고 하는데, 키는 크지 않았지만 근육질의 몸에 곱상한 얼굴로 남성다운 매력이 많았다.

나는 결심을 굳히기 위해 내 친구들에게 그이를 소개시켜 주기 시작하였다. 경복궁에서 그이와 데이트를 하다가 친구들에게 들킨

적이 있는데, 그 친구들을 명동에 있는'OB캐빈'이라는 맥줏집으로 불러내어 맥주를 사며 그이를 소개시켜 주었다. 또, 다른 친구들에게는 저녁을 사며 그이를 소개시켜 주었고, 그이도 회사 동료들에게 나를 소개시켜 주며 우리의 사이를 주변에 드러내었다.

나의 마음은 하루가 다르게 그이 곁으로 다가가는데, 엄마의 반대는 시간이 흐를수록 격렬해졌다. 내가 그이를 만나러 가는 눈치가 보이면 나가지 말라고 야단을 치신다. 그럴 때에는 학교 일로 나간다고 슬쩍 거짓말을 하면 좋았을 텐데, 곰처럼 미련하게 그이를 만나러 간다고 얘기를 하니 "간다", "안 된다"로 실랑이를 벌이다가 약속 시간에 늦는 경우가 많아졌다.

어느 날은 을지로4가에 있는 국도극장 앞에서 만나 영화를 보기로 약속하였다. 그 당시는 미리 약속을 하면 그게 끝으로 중간에 변동 상황이 생겨도 알릴 방법이 없었다. 그날따라 엄마의 반대가 더 심하여 한참 동안을 실랑이를 하다 나왔는데, 비까지 내린다. 약속 장소도 다방과 같은 실내가 아니라 극장 앞이니 난감하였다. 지금 같으면 얼른 택시를 잡아타고 갔을 터인데 미련하게 황학동 집에서 나와 큰길까지 걸어가서 버스를 타고 갔으니 나도 한심했다. 비는 주룩주룩 내리는데, 약속 시간은 이미 한참이나 지나 버렸다.

극장 앞에 도착하니 이미 사람들은 다 안으로 들어가고 극장 앞에는 아무도 없었다. 극장까지 오기는 왔지만 그 늦은 시간까지 그이가 기다리고 있을 것이라고는 생각하지 않았다. 그런데 그이가 국도극장 앞 왼쪽 건물 아래에 우산을 쓰고 있다가 멋쩍게 웃는다. 너무 미안한 마음이 드는 그날의 데이트로 우리의 사이는 한층 더 가까워졌다.

도를 넘는 엄마의
결혼 반대

지금 생각해도 엄마가 우리의 결혼을 왜 그렇게까지 반대했는지 이해가 되지 않는다. 어렸을 때부터 항상 순종했던 딸이 말을 듣지 않아서 화가 나신 걸까? 아니면 그때 무슨 우울증이라도 걸리셨나? 반대는 날이 갈수록 점점 더 심해지더니 어느 순간 도를 넘었고, 나는 그럴수록 반발심이 생겨 마침내 무슨 일이 있어도 반드시 그이와 결혼할 거라고 가족들 앞에서 선언하기에 이르렀다.

지금 생각하면 나의 그런 용기가 어디에서 나왔는지 모르겠다. 정말 그렇게까지 그이를 사랑했을까? 한편 그이는 도를 넘어서는 처 갓집의 반대를 보고도 결혼의 결심이 흔들리지 않을 정도로 나를 사랑했을까?

엄마는 내가 근무하는 금호국민학교 김제진 교장 선생님을 찾아가서 내 마음을 돌려 달라고 부탁을 하신 모양이다. 어느 날 교장 선생님이 나를 부르시더니 뜬금없이 일요일에 관악산을 같이 가자고 말씀을 하셨다. 일요일에 약속 장소로 나가니 점심을 사 주시며 다정하게 얘기를 시작하셨다. 오 선생님은 무척 똑똑하시지만 차가운 면이 있는 분으로, 그 남동생도 누나를 닮았으면 똑똑하겠지만 차가운 사람일 것이라고 했다. 결혼 생활은 차가운 사람과 결혼하면 사랑을 받지 못해 행복하지 못하다며 진심으로 걱정스러운 표정으로 말씀하셨다.

점심을 먹은 후 내 생전 처음으로 교장 선생님과 단둘이서 관악산을 올라갔다 왔다.

시간이 흘러 남편에게 교장 선생님 이야기를 하며 자기랑 결혼하지 말라는 말씀을 하셨다고 하니 그 교장 선생님이 당신을 진정 걱정하고 사랑해서 그러는 것이라고 좋게 받아 주었다.

그 일이 있고 나서 이번에는 엄마가 그이의 누님인 오 선생님 댁을 찾아가서 남편분과 아이들도 보는 앞에서 소리를 고래고래 지르며 소란을 피우는, 정말 상상조차 하기 어려운 일까지 벌어지고 말았다. 그 이야기를 그이에게 듣고 얼마나 부끄럽고 미안한지….

그이가 전혀 얘기를 하지 않아서 결혼 후에야 알게 되었지만 원래 그이 집안은 충청도에서 대지주였고, 그이는 그 집안의 종손이었다. 토지 개혁 이전에는 마을 사람들이 도련님으로 불렀다고 하며, 그 지역에서는 오 진사 댁으로 유명했다고 한다. 토지 개혁으로 농지를 거의 다 수용당하고 보상으로 받은 채권은 6.25 전쟁과 인플레이션으로 가치가 폭락하여 집안이 몰락했지만, 그래도 선산과 위토로 보존된 땅이 있어 고향인 충청도에 여전히 선산과 넓은 토지를 가지고 있었다.

그리고 당시만 해도 다들 형편이 넉넉한 것은 아니었지만, 그이의 형제들은 똑똑하고 야무진 사람들이었다. 나에게 그이와의 만남을 권유했던 오 선생님은 3남 3녀의 맏딸이었는데, 남편분이 산부인과 의사로, 이후 그 병원은 지역에서 꽤 유명한 병원으로 성장한다. 작은누님은 한국은행에 다녀 당시 사회에서 여성으로는 꽤 엘리트였는데, 사업하는 분과 결혼을 했다. 옛날 사람들이라면 기억하는 기다랗고 노란 끈끈한 테이프를 천장에 매달아 파리를 잡는 제품이 바로 작은누님 댁이 운영하는 회사에서 생산하던 제품으로, 회사가 대기업은 아니지만 착실하게 돈을 벌었다. 그이의 여동생은 유난히 머리가 비상했는데, 나중에 그이의 친구와 결혼해서(서울에 살면서도 학원을 한 번도 보내지 않고 학교만 다니게 했다는데) 아들이 의사가 되고 딸은 서울대학교에 진학할 정도로 자식들이 공부를 잘했다. 막내 시동생은 나중에 세무서 직원을 하다가 젊은 나이에 세무사 시험에 합격한 후에 사직하고 세무사로 개업을 하였는데, 한때 세무사 사무실에 근무하는 여직원이 열 명이 넘을 정도로 번창하였고, 항상 성실하고 야무진 사람이었다. (작은누님 말씀으로는 당시 총각이었던 대우 그룹의 故 김우중 회장님이 한국은행을 드나들다가 우연히 본 당신을 좋아했는데, 작은누님은 당시 남자치고 키가 작다는 이유로 거절하고 키가 크고 인물이 좋았던 현재의 남편과 결혼했다고 한다. 젊은 남녀들 간의 일이고 또 故 김우중 회장님이 워낙 유명한 분이라 어디까지가 사실인지는 잘 모르겠다.)

그러니 냉정하게 양가 집안의 형편이나 내력을 따져 보아도 우리 엄마가 그이를 그렇게 박대하는 것은 도무지 말이 되지 않는 일이었다. 다행히 오 선생님은 크게 마음이 상하지 않으시고 동생이 결혼하겠다는 결심을 끝까지 지지해 주셨다.

일이 이 지경이 되니 이번에는 우리 편으로 그이가 근무하는 회사 상사분의 힘을 빌리기로 했다. 1967년 12월이었다. 그이의 상사분인 정 차장님께서 우리 집이 있는 황학동 근처 큰 길가에 있는 2층 다방까지 와 주셨다. 약속 시간이 다가와 엄마에게 같이 나가자고 아무리 졸라도 안 나가신다고 한다. 멀리 삼선교에서 유난히 추운 날 여기까지 오셨는데… 할 수 없이 먼저 와 계시던 이모와 함께 정 차장님을 뵙고 들어왔는데, 정 차장님께 얼마나 죄송하고 또 고마운지….

첫 키스의
추억과 결혼

나는 우리 부모님이 우리를 너무 힘들게 키워 주셔서 어서 빨리
돈을 벌어 부모님을 도와야 한다는 생각이 어렸을 때부터 늘 있었
다. 그래서 아무리 어렵고 힘든 일이 있어도 부모님께 불만을 말한
적도 없고, 특별히 속 썩이는 일도 없이 착하고 순한 딸로 컸다. 교
사에 취직하고 나서 받는 월급도 처음부터 봉투째로 가져다 드리
고, 내가 필요한 돈은 용돈을 받아 썼다.

그런데 막상 집안에서 반대하는 결혼을 해야겠다 결심하니 나
도 내 돈을 모아야 한다는 생각이 들었다. 이때 아버지는 사법서사
사무실에서 일하시고, 두 오빠는 대학을 졸업하고 취직하여 돈을
벌어 어려웠던 집안 살림은 형편이 많이 좋아진 상태였다. 그래서
1967년부터는 월급 봉투를 엄마에게 갖다 드리지 않고 따로 내 돈

을 모으기 시작하였다. 그이는 자기 집에 살림살이도 다 있으니 無에서 시작하자며 아무것도 준비할 필요가 없다고 했지만, 나는 남들처럼 할 것은 하면서 결혼하고 싶었다.

내 나이 26살이 되어 혼기가 무르익으니 주변에서 선을 보라는 청도 많이 들어오고, 나에게 미리 아무런 말도 없이 단도직입적으로 인사드린다며 집에 찾아왔다가 퇴짜를 맞은 동료 교사까지 있었지만 내 마음은 이제 오직 그이뿐이었다.

어느 일요일, 금호국민학교 일직 당번일 때가 있었다. 텅 빈 교무실에서 밀린 사무도 처리하고 책도 보고 있는데, 그이가 도시락 2인분을 사 가지고 찾아왔다. 같이 점심을 먹으면서 이야기를 하다 보니 순시 시간이 되었다. 그이도 같이 따라나섰다. 학교 전체를 순시하고 곳곳에 있는 순시함에 있는 용지를 꺼내 도장을 찍는 일이다. 항상 가득한 아이들로 와자지껄 정신없이 시끄럽던 학교 전체가 쥐 죽은 듯이 조용하다. 교실마다 출입문은 자물쇠로 잠겨 있고 복도는 유난히 길어 보였다.

순시를 거의 마치고 마지막 동 건물의 2층 계단을 내려왔을 때, 그이가 와락 껴안더니 입을 갖다 대었다. 그동안 여러 번 만났지만 이런 건 처음이었다. 깜짝 놀랐지만 별다른 저항 없이 품에 안겼다.

그이의 품이 아주 넓게 느껴졌다. 그런데 그때 사실 나는 무척 실망하였다. 영화에서 남녀 주인공의 키스를 보면서 키스가 아주 달콤하고 황홀하고 로맨틱할 것이라고 상상하곤 했는데, 직접 첫 키스를 경험해 보니 이건 축축하기만 하고 오히려 찝찝한 느낌이 들었다. 그리고 그이 얼굴을 보기도 무척 부끄러웠다.

일요일 키스 사건 이후에 진도가 나갔다고 할까? 이후에는 걸을 때 팔짱을 끼고 걷기도 하고 헤어질 때 가볍게 안기기도 했다. 결혼하고 세월이 흐른 부부들이 다 비슷하게 느끼겠지만 지금 생각해 보면 우리에게 그런 시절이 정말 있었나 하는 생각도 들고 '이 무뚝뚝한 남자가 연애할 때 다정했던 그 사람과 같은 사람이 맞나?' 하는 생각도 든다.

그이와 결혼하기로 마음을 굳히고 월급을 모으기 시작하니 자연스레 혼수에 관심이 많아졌다. 그때만 해도 학교에 장사꾼들이 물건을 팔러 학교에 오는 일이 많았다. 종례 시간이 끝나고 장사꾼이 물건 보따리를 풀어 놓으면 선생님들이 필요한 물건을 사곤 하였다. 하루는 이불 장수가 왔는데, 그때 팔던 이불은 분홍 나일론에 꽃 모양으로 수를 놓았고, 솜은 나일론 솜을 넣어 그냥 빨아도 된다고 했다. 좋아 보여 하나를 사 가지고 들고 왔는데, 엄마가 그 이불을 보시더니 "얘가 시집을 가고 싶어서 제 손으로 이불을 사 가지고 다

난다"고 핀잔을 주서서 머쓱했다.

어느 날은 미제 물건을 파는 아저씨가 왔다. 이것저것 물건을 많이 꺼내 보이는데 미제 남비 세트가 꽤 좋아 보였다. 알루미늄이 두툼하고 겉은 까맣게 코팅이 되어 있었는데, 뚜껑 가장자리에는 둥글게 하얀 선으로 양파, 당근, 고추 같은 채소 그림이 그려져 있었다. 1리터부터 4리터짜리까지 아주 근사하였다. 기분 좋게 냄비를 사 온 그날도 엄마에게 야단을 맞았다.

우여곡절 끝에 드디어 결혼 승낙을 받았다. 결혼 승낙을 받기까지는 그 이전까지 엄마가 했던 '도를 넘는 반대'마저 뛰어넘는 '어디막장 드라마에나 나올법한 일대 사건'이 벌어졌지만, 그 내용은 그냥 책을 읽는 분들의 상상에 맡기기로 한다. 어쨌든 결혼날이 정해지자 엄마는 바빠지기 시작하였다. 동대문 시장에 가서 광목을 사다가 하얗게 탈색 후 물에 헹구고 햇볕에 말리셨다. 목화씨가 들어 있는 솜을 사다가 솜틀 집에 가서 직접 틀어 오시고 이불을 꿰매는 날에는 노인이 해야 이불에서 자는 사람이 오래 산다고 해서 70이 넘으신 외숙모를 모셔다 같이 만들었다.

하지만 엄마는 마음이 끝내 안 풀리셨는지 예물 준비는 안 해 주셨다. 그이도 부모님이 안 게시니 우리 둘이서 예복도 맞추고 시계도 사고 준비하였다. 나는 그이에게 누런 금반지를 맞추어 주었고, 그이는 나에게 '부루스타'라는 보라색 반지와 백금 쌍가락지를 맞추어 주었다. 시계는 라도 시계를 서로 사 주며 궁핍하게나마 그런대로 준비를 하였다. 그때만 해도 조금 여유가 있으면 5부 다이아 반지를 신부에게 사 줄 때였는데…. 그이는 그 일이 마음에 걸렸는지 결혼 10주년이 되었을 때 다이아 반지를 사라며 돈을 주었지만 나는 그 돈으로 주택 청약 통장을 만들었다. 예물 준비도 일종의 쇼핑이라 재미가 있었지만, 종로에 있는 신라 주단 집에 둘이 가서 색시 한복과 빨간 예물함을 사는 일은 따분하였다.

1968년 6월 23일 낮 12시에 종로에 있는 신혼 예식장에서 결혼식이 시작되었다. 지금도 식장에 내 손을 잡고 들어가시던 아버지의 모습이 눈에 선하고, 하객들에게 인사를 하시던 아버지의 음성이 들리는 듯하다. 그날은 초여름이었지만 유난히 맑고 시원하였고, 예식을 마치고 차를 타고 떠나는 나를 보시며 돌아서서 눈물을 훔치던 엄마의 모습도 마치 바로 어제 일인 것처럼 기억이 또렷하다. 그때 여유가 있는 집에서는 신혼여행으로 비행기를 타고 제주도로 갔지만 우리는 기차를 타고 부산에 갔다 왔다.

8

힘겨운 신혼 생활과
중곡동 집 이사

우리 엄마가 결혼을 격렬하게 반대하던 이유 중 하나는 신랑에 딸린 식구가 많은데 가진 것은 너무 없다는 것이었다. 하지만 그이가 회사원으로 월급을 받고 나도 교사 생활을 하며 월급을 받으니 결혼하기 전에는 두 사람이 건강하기만 하면 우리가 살아가는 데에는 아무런 문제도 없으리라는 자신감이 넘쳤다.

하지만 막상 결혼을 해서 신혼 생활을 시작하니 막연하게 낙관적으로 생각했던 것과는 달리 현실은 너무 힘들었고 무엇보다도 신혼 생활의 즐거움은 아무리 긍정적으로 생각해 보려고 해도 도무지 찾아볼 수가 없었다. 시할머니, 시동생 두 명, 살림을 봐 주는 사촌 시누이, 사촌 남동생 부부와 아기, 우리 부부까지 아홉 명이 조그마한 방이 세 개 있는 건평 12평의 정릉 한옥집에 살았다. 쌀은 한 말

(옛날 단위로 약 8리터 정도의 쌀)씩 사다 먹었는데, 식구가 많으니 쌀도 금방 떨어졌다. 그러한 형편이니 쌀을 가마니로 사다 놓고 먹으면 얼마나 편안하고 좋을까 하는 생각이 들었다. 그이는 신혼임에도 매일같이 술을 마시고 늦게 들어오니 학교가 끝나고 집에 오면 '신혼 생활이 이게 뭔가?' 싶어 한심하다는 생각이 들었다.

'아! 우리 엄마 말이 맞았구나…. 금호국민학교 김제진 교장 선생님 말씀이 맞았구나.' 하는 후회가 밀려왔지만, 그렇게 엄마가 극렬하게 반대하는 결혼을 내가 우겨서 했으니 어떻게 하든지 반드시 성공적인 결혼 생활을 하겠다는 오기로 버텼다.

그런 상황에서 첫째 아들과 둘째 아들이 1년 터울로 태어나니 식구는 이제 11명으로 늘어났다. 아기들 분유값을 대느라 돈은 돈대로 더 들어가고, 아기들을 돌보느라 몸은 몸대로 힘들어서 체중이 48kg까지 빠졌는데, 내가 성인이 된 후에 50kg 이하로 빠진 것은 그때가 유일하였다. 두 아이가 연년생의 아기로 퇴근하는 엄마를 기다리고 있으니 정릉동에서 광희국민학교까지 버스로 통근하는 교사 생활도 하루가 다르게 지쳐 갔다. 아기가 아프면 집에 두고 온 아기가 걱정되었고, 잠을 못 자고 출근한 날은 잠깐 교실에서 눈을 붙이다가 종례 시간을 놓치는 일까지 있었다. 교편을 잡은 이후 처음으로 직장 생활을 하며 어려움을 느꼈고, 사는 데 즐거움은 없고 힘이 든다는 생각만 자꾸 들었다.

정릉동 109번지 3의 우리 집은 아리랑 고개를 넘어 왼편에 있는 좁은 골목 안쪽 끝에 있는 12평의 한옥 북향집으로. 집 뒤쪽으로 북악 스카이웨이가 높이 있다.

골목 입구에는 고물상이 있고, 우리 앞집에는 떡장수를 하는 홍 씨네가 살았다. 우리 집에는 수도가 없어 공동 수도에서 물을 길어 다 먹었다.

서울에 살면서 공동 수도에서 물을 길어다 먹는 것은 상상도 못 했는데⋯. 그래서 결혼한 지 얼마 지나지 않아 수도국에 신청하여 수도를 놓았다. 이제는 좀 편히 살겠다 싶었는데 그게 아니었다. 수 압이 낮아 낮에는 물이 나오지 않고, 남들이 물을 쓰지 않는 밤에 만 나온다. 우리 시할머니께서 어느 날 물을 받아 주신다고 밤에 나 오셔서 항아리에 호수를 넣어 받으셨는데, 그만 그 항아리가 간장 항아리라 간장을 몽땅 버리는 일도 있었다. 아무튼 시집와서 내가 제일 먼저 한 일이 수도를 놓은 일이었다.

북향집이니 봄, 여름은 해가 높이 떠서 마당이 환해서 괜찮지만, 늦은 가을부터 겨울이 지날 때까지는 앞마당이 어두워 음산하게 느껴졌다. 부엌 뒤 서쪽에는 커다란 오동나무가 있었는데, 낙엽이 떨어져 마당에 뒹굴면 얼마나 을씨년스러운지⋯. 마당은 손바닥만

했지만 바람에 뒹구는 낙엽소리가 지금도 귓가에 선하다. 마당도 그냥 흙이라 비가 내리거나 낙엽이 쌓이면 여간 지저분한 것이 아니어서 이번에는 마당을 시멘트로 포장을 하고 곳곳에 반짝이는 타일을 붙여 깔끔하게 해놓고는 아주 만족하였다. 지금 생각하면 촌스럽기 그지없어 웃음이 나온다.

그이에게
묻고 싶다

두 아들을 연년생으로 낳아 키울 때 당시 여유가 있는 집에서는 '비락'이라는 수입 분유를 먹었다. 나도 우리 아기들에게 그걸 먹이고 싶었지만 돈이 없으니 '서울 분유'를 타서 먹이며 부러워하였다. 사업을 하시는 작은누님이 가끔 놀러 오셨는데, 오실 때마다 비락 분유를 한 보따리씩 사다 주셔서 얼마나 고맙고 기분이 좋았는지….

여러 가지로 어려운 형편이었지만 우리의 미래를 위해서 매달 저축은 꾸준하게 하였다. 명칭을 아직까지도 잊지 못하는 '무궁화 적금' 30만 원짜리를 붓는 중이었다. 적금을 시작하여 1년 가까이 되어 가는데, 그이가 적금을 깨어 자기가 좀 쓰겠다고 한다. 나는 그러라고 하고 어디에 쓸 것인지 물어보지도 않고 적금을 깨어 그이에게 건네주었다. '어려운 형편에 결혼을 준비하느라 빌린 돈을 갚으

려나 보다' 하며 혼자서 선의로 생각하였다. 하지만 어려운 형편에도 다달이 늘어나는 적금을 보며 흐뭇해했었는데 해약을 하고 나니 얼마나 서운하고 허전했는지 모른다.

그런데 시간이 얼마 지나지 않아 놀랍게도 그이가 적금을 해약한 돈으로 밀린 술값을 갚았다는 사실을 알게 되었다. 나는 두 아이의 분유값까지 걱정하며 한 푼이라도 아끼며 살아가는 형편인데…. 그이가 회사 친구와 어울려 술집에 다녔다는 사실을 알고 그 친구의 부인을 만나 함께 그이의 단골 술집으로 찾아갔다. 나는 세상 물정이 어두워서 그이가 술을 마시고 온다고 하면 허름한 대포집에서 막걸리를 마시고 오는 것으로 막연하게 생각하고 있었다. 하지만 찾아간 술집은 번듯한 빌딩 2층에 있는 넓고 근사한 곳이었고, 한쪽 넓은 곳에서는 화려한 조명 아래에서 춤을 추는 사람들이 있었다. 화가 머리끝까지 나서 자리에 앉은 사람들 중에서 그이를 찾았지만 없어서 그냥 집으로 왔다.

집에 와서 속된 말로 눈이 뒤집힐 지경으로 화가 나서 기다리는데, 그이는 그날도 술을 마시고 늦게 들어왔다. 그이가 집에 들어서자마자 달려들어 대판 싸움이 벌어졌다. 정말 무식하고 쌍스러울 정도로 덤벼들었다. 너무 분하고, 억울하고, 화가 나서 감정 조절이 안 되었다. 아이들 분유값을 걱정하며 살아가는 판에 그런 곳에 가서 술을 마시고 빚을 졌다니….

이런 사람하고 결혼하려고 그 난리를 친 내 자신이 화나고, 억울하고, 한심해서 싸우다가 집에서 뛰쳐나왔다. 순간 아이들이 걱정되기는 했지만, 사촌 시누이가 있으니 당장은 별일이 없을 듯했다. 하지만 막상 집에서 나왔는데 당장 갈 곳이 없는 것이다. 그렇게 결혼을 반대하던 엄마가 게시는 친정집에는 도저히 갈 수가 없었다. 고민하다가 이제는 큰 시누이가 되신 오 선생님 댁으로 버스를 타고 갔다. 밤에 갑자기 찾아와서 내 신세를 하소연하는데도 별다른 말씀 없이 우리 집에 며칠 있으라고 하신다. 고모부가 게시고 조카도 셋이나 있는 집에 갑자기 찾아가 엄혀살며 거기서 며칠 동안 광희국민학교로 출퇴근을 하였다.

시간이 흐를수록 아기들이 보고 싶고 걱정도 되었다. 이상하게 밥상에 나온 달걀 반찬을 보면 왜 그렇게 눈물이 나고 아기들이 보고 싶은지…. 저런 남자와 평생 사느니 아들들을 데리고 나와서 내가 벌면서 혼자 아이들을 키우는 편이 차라리 낫겠다는 생각도 들었다.

그런데 집에서 나온 지 사흘이 지난 날, 어두워지기도 전에 그이가 누님 댁으로 오더니 집에 가자고 한다. 그러면서 앞으로는 그렇게 술을 마시지 않겠다고 약속을 한다. 아이들도 보고 싶고 해서 마음이 약해졌다. 오 선생님께 감사하다는 인사를 드리고 정릉 집으로 돌아왔다. 시할머님과 사촌 시누이가 반갑게 맞아 주었고, 며칠 만에 두 아들을 만나 꼭 안아 주었다.

아이들이 대학생이 될 정도로 세월이 흘러 기억이 희미해질 무렵, 그이는 이때의 일이 무척 섭섭했다는 얘기를 했다. 그이는 경제적인 집안의 몰락에 더해 어머니가 어릴 때 돌아가셔서 정서적으로도 무척 힘겨운 어린 시절을 보냈다. 나는 이렇게 나의 어린 시절에 대해 책까지 쓰고 있건만 그이는 자신의 어린 시절에 대해서 얘기한 적이 거의 없으며, 물어보아도 그때는 아예 생각도 하고 싶지 않다고 한다. 자기는 어렸을 적의 꿈도 대통령이나 과학자 같은 것이 아니라 '그냥 결혼해서 아이들을 낳아 행복한 가정을 이루는 것'이었다고 한다. 어렵게 대학까지 공부를 마친 후에 취직을 하고 결혼해서 가정을 이루고 나니 안정감을 느껴서 '이제는 한번 재미있게 놀고 싶다'는 생각이 들었는데, 그것을 조금도 이해해 주지 않아서 섭섭했다고 한다. 그이는 어릴 때부터 평생을 근면과 성실로 살아온 사람이니 젊어서 마침내 여유가 조금 생겼을 때 철없이 한번 놀아 보고 싶었다는 얘기는 아마 거짓말이 아니었을 것이다. 하지만 내가 만약 그 시절로 돌아가 그이가 솔직하게 이런 얘기를 했다면 듣고 나서 "네, 정말 그럴 만하네요." 하고 이해를 해 줄 수 있었을까? 분명히 말하지만, 자신이 없다.

꿈만 같았던
신혼 생활 집 이사

결혼을 해서 9명의 식구로 신혼살림을 시작하니 일단은 먹고사는 것부터 급한 처지라 가전제품과 같은 살림살이 장만은 요즘과 달리 큰 이벤트였다. 그이의 친구가 선풍기를 선물해서 집에 들어놓을 때의 기쁨은 요즈음 에어컨을 사서 설치하는 기쁨의 몇 배였다. 또 '금성'(지금의 'LG전자')에서 나온 흑백 TV 1대를 사서 들여놓았을 때에는 요즘으로 치면 고급 외제 차 1대라도 산 느낌이었다. 그 흑백 TV로 연속극 〈아씨〉를 빠짐없이 시청하였고, 9시 뉴스 시간이 오면 놓치지 않고 꼭 보았다. 1969년에는 아폴로가 달에 착륙하는 모습을 TV로 신기하게 지켜보았다.

그런데 KBS TV 밤 9시 뉴스에 나의 첫 이성 교제 상대였던 L이 기자로 방송에 나와 보도를 하는 것을 보고 속으로 깜짝 놀랐다.

'아! 그때 한다는 취업 준비가 방송국 기자였구나⋯.' 그때 우리 그이는 뉴스에 L이 나올 때마다 "저 기자 참 똑똑하고 보도를 잘한다"고 칭찬을 했다. 그러면 나는 속으로 'KBS라는 좋은 직장에 입사해서 9시 뉴스에 자주 나오는 것을 보면 똑똑한 사람이 맞구나' 하고 남편의 생각에 동의하였지만, 겉으로는 아무런 얘기도 하지 않았다.

우리는 이 작은 정릉 집에서 사는 동안 셋째 아들까지 낳았다. 3년간 모시던 시할머니는 82세에 돌아가시고 살림을 봐 주던 사촌 시누이는 시집을 갔다. 사촌 시동생의 세 식구는 따로 집을 얻어 나가고, 큰 시동생이 군대를 가니 식구가 갑자기 줄어들었다.

시할머니가 돌아가시고 나니 정릉 집에서 살기가 더 싫어졌다. 1969년 여름, 장마철에 오전반 수업을 마치고 교무실에서 일하고 있는데 전화가 걸려 왔다. 교감 선생님 책상에 가서 전화를 받으니 집에서 일하는 식모가 "큰일 났어요. 건넛방에 바위가 굴러 들어왔어요." 하는 게 아닌가! 소스라치게 놀라서 첫째 아들은 괜찮냐고 물었다.

부랴부랴 조퇴를 하고 집에 와보니 설악산 흔들바위 반은 됨직한 커다란 바위가 산에서 굴러떨어져서 벽을 허물고 건넛방 가운데 떠억 앉아 있었고, 벽이 무너져 버린 북쪽으로 북악 스카이웨이가 훤히 올려다보였다. 그 시각에 마침 시할머니와 첫째 아들이 안방에 있어 화를 면했으니, 지금도 그 사건을 생각하면 오싹하다.

그이와 이사하기로 뜻을 모으고 처음에는 그이의 둘째 누님이 사시는 신촌 근처에 전세를 얻어 이사 가려는 계획을 세웠다. 우리 집을 전세 놓으려고 하니 60만 원을 받을 수 있다고 한다. 마침 전세 얻으시러 온 아주머니에게 60만 원에 전세를 얻지 마시고 아예 사시라고 하니 얼마냐고 하신다. 그래서 내가 "100만 원만 주세요." 하니 이 아주머니가 그럼 사신다고 하여 흥정 끝에 결국 90만 원에 팔게 되었다.

"집을 판 돈 90만 원을 가지고 신촌에 전세를 가느니 차라리 우리 집을 삽시다." 하고 그이에게 얘기했다. 친정 부모님과 큰오빠가 얼마 전에 서울 중곡동에 집을 사서 이사를 갔는데, 아이들을 키우려면 친정집 근처가 좋을 듯해서 한참 개발 중인 중곡동에서 집을 보러 다녔다. 중곡2동 개천가에 있는 새로 지은 집을 보니 대궐같이 좋아 보였다. 대지 69평에 건평 20평, 남서향의 L자 집, 집 장수가 지은 집이었지만 그때는 다 좋아 보였다. 마당에 연못도 있고… 돌로 정원도 만들고…. 140만 원에 계약을 하였다. 집을 보러 다닐 때 그이는 한 번도 가지 않고 시동생이랑 다녔다. 집 판 돈 90만 원에 모자란 돈 50만 원은 그동안 저축한 돈을 보태고, 그래도 부족

한 돈은 학교 동료들에게 빌렸다.

　중곡동 집에 이사하는 날! 그이는 울산 출장 중이라 친정 식구들과 그이 사촌, 회사 동료들이 도와주어 1972년 10월에 이사를 하였다. 이사를 한 첫째날은 너무너무 좋아 밤에 잠도 오지 않았다. 물질적인 기쁨으로는 어렸을 때 이북에서 세뱃돈을 몽땅 털어 엿을 샀을 때 이후 두 번째로 느껴 보는 큰 기쁨이었다. 그이는 새집을 알아보러 다닐 때에도, 계약할 때에도, 잔금을 내는 날도 한 번도 오지 않은 터라 이사 온 우리 집이 어디 있는지도 몰라서 울산 출장에서 돌아온 날은 이사를 도와준 회사 직원이 집에 데려다주었다! 그이는 이사 간 지 석 달 정도 지났을 때 엄마가 지하실에서 '쿵! 쿵!' 하며 청국장 콩 찧는 소리를 듣고 "우리 집에 지하실이 있었나?" 하고 물어볼 정도로 집에 대해서 통 관심이 없었다. 이러한 무관심한 그이의 태도는 이후 40년이 지나도록 이사를 갈 때마다 똑같이 반복되었다.

　새로 이사 온 중곡동 집은 너무너무 좋았다. 마당에 조그마한 연못도 있었다. 지금 생각하면 웅덩이 하나를 파고 주변에 바윗돌을 둘러친 수준인데, 당시 내 눈에는 창덕궁에 있는 향원정처럼 멋져 보였다. 담 밑에는 주홍색 꽃이 피는 석류나무도 있고, 대문 옆에는 봄이면 목련과 라일락이 활짝 피어 향기가 진동하였다. 짙은 초록색 철제 대문을 열고 나가면 왼쪽 담 아래에 시멘트로 만든 커다란 사각형의 쓰레기통이 있었다. 위에는 철판으로 만든 뚜껑이 있고 아래에는 쓰레기를 수거할 때 여는 또 하나의 문이 있었는데, 내 눈에는 그 쓰레기통마저 멋지게 보였다. 대문 앞에 폭 6미터 정도의 골목길은 동네 꼬마들이 세발자전거를 타고 모여서 노는 놀이터였다. 또 여름에 한창 더위가 기승을 부리는 밤에는 동네 아낙들이 나와 자리를 펴고 이야기꽃을 피우는 만남의 장소이기도 했다.

그이가 회사에서 승진하며 월급이 오르고 나는 교사 생활을 하며 열심히 살림에 보태는데, 식구의 수는 줄어들었으니 중곡동 생활은 정릉 집에서의 어렵던 살림이 아니었다. 돈이 없어 그 대식구가 쌀을 말로 사다 먹고, 과일도 낱개로 사다 먹고, 정말 어렵게 살았는데…. 중곡동 집으로 와서는 살림살이가 펴지게 되었다. 살림살이를 해 주는 식모도 있고, 사내아이들이 셋이고 따로 아이들을 돌보아 주는 보조 식모도 있으니 맞벌이인 우리 부부의 직장 생활도 고달프지 않고 즐거웠다.

   중곡동에서는 케리(당시에는 사람들이 영어를 몰라도 개 이름은 영어로 짓는 것이 유행이었다.)라고 이름을 지어 준, 잡종 개지만 무척 영리한 하얀색 개도 키우고, 진돗개도 친정집에서 한 마리 받아 같이 길

러 보았다. 어떻게 생각하면 나도 먹을 밥이 없어 배고파하던 시절이 그리 오래전의 일이 아닌데 이제는 우리 집에서 키우는 개가 밥을 배불리 먹는 시절이 된 것이다. 아이들이 케리를 씻겨 업어 주기도 하며 즐거움이 넘치는 중곡동 생활이 지속되었다. 쉬는 날이면 그이가 노량진 시장에 가서 생선을 사다 끓여 주기도 했다.

당시 우리 형편이 그 정도로 좋아진 것은 아니었지만, 그때 사업을 하시는 작은누님이 타시던 폭스바겐 딱정벌레 차를 싸게 사서 그이가 운전하는 차에 아이들을 태우고 여기저기 놀러 다니기도 하였다. 당시에는 자가용이 무척 귀할 때라 명절 때 남편 고향에 성묘를 하러 가면 동네 아이들이 나와 차를 구경하기도 했다.

그이도 그렇고 나도 그렇고, 어렸을 때부터 힘들게 쪼들리며 살아왔으니 우리 집을 마련하고 딱 1년은 저축을 하지 않고 기분 좋게 돈을 쓰기로 마음먹었다. 우리 아이들 옷도 그때 처음으로 메이커가 있는 옷을 사서 입혔다. '맥그리거'라는 상표가 붙은 남색 돕바를 아이들에게 사 입히고 보니 그렇게 좋을 수가 없었다. 결혼 기념일이나 생일날이면 워커힐 호텔에 가서 저녁도 먹고, 쌀도 가마니로 사다가 느긋하게 먹고 불고기, 갈비탕, 갈비찜, 도가니탕과 같은 고급 음식도 밥상에 올라오고, 과일도 넉넉하게 사다 먹었다. 이렇게 맛있는 음식을 먹을 때마다 돌아가신 시할머님이 마음에 걸렸다.

그이에게는 엄마의 빈자리를 대신해 준 고마운 분이고, 우리 아이들도 업어 주셨는데…. 정릉에 살 때에는 가족도 많고 돈도 부족하여 맛있는 음식을 자주 챙겨 드리지 못했다.

딱 1년을 저축 안 하고 신나게 살고 나서 그다음에는 원래의 생활 자세로 돌아와서 우리 부부의 수입 중에서 먼저 정한 금액을 저축하고 나서 나머지 돈을 아껴서 썼다.

중곡동 시절에 그이와 나는 어렸을 때부터 그림자처럼 따라다니던 가난과 마침내 작별하였다. 1970년대는 우리나라 경제가 본격적으로 발전하기 시작한 시기로, 우리 집 말고도 많은 국민들이 가난에서 벗어나기 시작한 시기이기도 했다.

우리는 운이 좋아 비교적 일찍 가난에서 벗어났지만, 1970년대에도 여전히 형편이 어려운 집이 많다는 사실을 실감하는 작은 사건이 일어났다. 우리 집은 어린아이들이 셋, 그것도 모두 남자아이들이니 집안일을 도와주는 식모가 너무 힘들다며 아이들을 돌볼 보조 식모가 하나 더 필요하다고 했다. 그래서 사람을 하나 수소문해서 구했는데, 정작 집에 온 사람은 국민학교를 갓 졸업하고 시골에서 혼자 올라온 14살짜리 여자아이였다. 착한 아이라서 어려운 집안 형편을 돕겠다며 나섰겠지만, 여전히 어린아이라서 우리 집에 온 첫날부터 꼬박 2주를 엄마가 보고 싶다고 매일 울다가 결국 시골집으로 돌아갔다.

당시에도 너무 어린 것이 아닌가 하는 생각은 했지만 지금 시대를 기준으로 생각해 보면 중학교 1학년 나이의 철부지 여자아이가 돈을 벌러 멀리 집을 나서고, 그것도 남의 집에 들어가서 아기들을 돌보는 일을 한다는 것은 상상조차 하기 어려운 일일 것이다. 나라 자체가 가난했던 시절을 살아가던 세대는 지금과는 차원이 다른 어려움을 견디며 살았다는 점에서 잘살든 못살든 성실하게 살았던 모든 사람들이 훌륭하다고 생각한다.

9

그리고
그 이후의 이야기

월남한 가난한 소녀는
부자가 되었을까?

이북에서 월남한 가족의 딸로 6.25의 전쟁터에서 살아남고, 가난 속에서 온 가족이 꿈을 이루기 위해 노력하고, 결혼해서 서울 중곡동에 우리 집을 마련할 때까지가 내 인생에서 파란만장하고 재미있는 이야기가 가득했던 시절이다. 실제로 중곡동 시절 이후에도 좋은 일이 많았지만, 물질적으로는 중곡동에서 처음 내 집을 마련했을 때와 같은 기쁨을 다시는 느껴 보지 못했고, 감정적으로는 고아원에서 엄마를 다시 만났을 때와 서울사범학교에 합격했을 때와 같은 가슴이 벅차오르는 행복감은 다시 느끼기가 어려웠다. 조금 종류가 다르기는 하지만 첫 아이를 출산했을 때의 기쁨이 그런 신비로운 행복감을 느꼈던 유일한 또 한 번의 순간이었다.

중곡동 시절 이후에 우리 집의 재산이 늘어나는 과정은 경제 고도 성장기의 한국에서 흔히 들을 수 있는 평범하고 다소 지루한 얘기이다. 하지만 가난했던 소녀가 정말 부자가 되었을까 궁금해하는 분들도 계실 수 있으니 간단하게 얘기를 하는 것도 의미가 있을 듯하다.

예나 지금이나 항상 성실했던 그이는 회사에서 승진을 거듭하여 국내 중견 그룹에서 임원 생활을 오래 하였고, 나도 교사 생활을 하며 모은 돈을 보태어 1980년대 초 강남구 삼성동에 있는 우리 소유의 50평대 아파트에서 살았으니 비록 부자는 아니라고 해도 경제적으로는 충분히 만족할 만한 수준이라고 자평한다.

어렸을 때부터의 꿈이자 항상 보람을 느꼈던 교사 생활은 1979년 5월에, 선생님이 된 지 18년 만에 퇴직하였다. 그때 첫째 아들이 10살, 둘째 아들이 9살, 막내 아들이 6살이었는데, 유치원에 들어간 막내는 엄마가 출근하면 바로 유치원에 가서 선생님 오실 때까지 문 앞에서 기다리고, 큰아들과 둘째 아들은 학교에서 퇴근하고 집에 오면 아이들이 집에 없는 날이 태반이었다. 아이들은 야구를 한다며 저녁 늦게까지 흙투성이가 되도록 놀다가 컴컴해지면 들어왔다. 교사 생활을 하며 남의 집 아이들을 가르치다가 정작 우리 집 아이들은 망치겠다는 생각이 번쩍 들었다. 지금도 서울사범학교 친구들을 만나면 20년 연금을 받는 친구도 있고 30년 연금을 받는 친구도 있는데, 내가 선택한 길이니 후회는 없다. 교사 생활을 퇴직하고 뭔가 아이들을 돌보면서 할 수 있는 일이 없을까 해서 그때 막 도입된 공인노무사 시험을 공부하여 1차 시험에 합격하기도 했지만, 주관식인 2차 시험에 낙방한 이후에는 다시 응시하지 않았다. 공인 중개사 자격증도 제도 도입 초창기에 따 놓기는 했지만 결국 장롱 면허로 남았다.

우리 또래의 부모들이 다 그렇기는 하지만, 우리 부부도 아이들 교육에 무척 열심이었다. 남편은 아이들에게 애정을 잘 표현하지 않는 무뚝뚝한 사람이었고 회사 일도 무척 바쁜 사람이었지만, 아이들이 고등학교 3학년이 되면 밤마다 하루도 빠짐없이 직접 차로 집에 데려왔다. 특히 둘째 아들은 고등학교가 집에서 걸어서 10분도 안 되는 거리라서 도대체 왜 그러냐며 차를 안 탄다고 해도 남편은 1년 내내 밤에 차를 태워 집에 데려왔다.

세 아들의 고등학교 3학년 시절 내내 데리러 다녀왔으니 나의 남편도 3년 개근상을 탈 만하다.

세 아들 모두 각자가 원하는 대학교, 원하는 학과에 진학한 것은 아니지만 어쨌든 세 아들 모두 연세대학교에 진학하여 남편과 동문이 되었다. 내 아이들이지만 공부하는 데 걱정을 시키지 않고 열심히 해 준 것이 고맙고, 또 내가 학교를 다니며 늘 하던 학비 걱정을 안 하고 다닐 수 있었던 것도 참으로 감사하다.

큰아들은 연세대학교와 포항공과대학교를 거쳐 미국에 가서 공부를 더 해서 박사 학위를 받고, 둘째 아들은 연세대학교 졸업을 마친 후 자기가 하고 싶은 일을 하고, 막내아들은 졸업 후에 다시 의대에 입학하여 의사가 되었으니 나름 아이들도 모두 공부를 잘한 편이었다. 사실 내가 생각해도 남편이 회사에서 임원 생활을 하고 아이들이 모두 연세대학교에 진학할 때에는 어깨가 으쓱한 것도 사실이다. 하지만 세월이 흐르면서 명문대나 돈보다는 건강과 인성 그리고 올바른 삶의 태도가 더 중요한 것이라고 생각한다, 무엇보다도 사람의 일이라는 것이 내가 노력만 한다고 되는 것이 아니라 결국은 하느님의 뜻에 따라 결정되는 것이 아닌가 하는 생각이 든다.

무심하게
흐르는 세월

세월이 자꾸 지나면서 쓸쓸하고 슬픈 일도 하나둘 늘어 갔다.

　결혼 초기에 이런 일이 있었다. 광희국민학교 근처에 중앙시장이 있는데, 물건이 싸고 종류가 많아 그날은 김칫거리를 샀다. 얼갈이 배추를 몇 단 사서 낑낑대며 들고 버스를 타고 보니 바로 앞에 12회 동기 동창생 송영○ 선생이 서 있었다. 얼른 인사를 했지만 그 당시 내 모습이 얼마나 창피하고 부끄러운지…. 얼굴이 빨개지고 쥐구멍이라도 있으면 숨고 싶었다. 처음 부임지에서 처녀, 총각으로 같은 학교에서 근무했고 송 선생의 남동생, 나의 여동생과 같이 놀러 간 적도 있었다. 지금 생각하면 그렇게까지 부끄러워할 이유가 있었나 싶은데 당시에는 "얼마나 가난한 집에 시집갔으면 얼갈이 배추단을 잔뜩 사서 들고 버스를 타고 퇴근할까?"라고 생각할 것 같다고 나

혼자 생각하여 점점 더 창피해져 얼른 뒤로 가고, 송 선생은 삼선교에 못 미쳐 내렸다.

　세월이 흘러도 그 일은 잊혀지지 않았고, 언젠가 만나면 나는 그때의 그 일이 그렇게 창피했다고 꼭 한 번 이야기해야지 하고 생각했다. 서울사범학교 12회의 50회 동창회 모임에 나갔다. 50회인지라 은사님도 모시고 동기들도 많이 나왔다. 우리 12회는 남자와 여자가 따로 모이다가 모임을 합친 지는 얼마 되지 않을 때였다. '그때 송 선생은 버스에서 나를 보고 무슨 생각을 했나? 물어봐야지.' 하고 나름 미장원에 가서 머리 손질도 하고 옷도 차려입고 나갔다. 자리를 둘러보아도 보이지 않아 남자 동창에게 '송영○ 선생님 어디 있느냐?' 하고 물어보니 몇 년 전에 저세상으로 떠났다고 한다. 갑자기 가슴이 횡해지며 '그래, 앞으로는 만나고 싶은 사람, 누군가와 하고 싶은 이야기가 있으면 미루지 말고 만나서 얘기해야겠다.'라는 생각이 들었다. 특별히 첫 부임지에서 같은 동기라서 기억에 많이 남았는데… 일찍 세상을 떠난 그가 안되었다.

　엄마와 아버지가 돌아가시고 나니 두 분이 그렇게 자식들을 위해 일생을 희생하셨는데 노년이 되어 자식들에게 그 보답을 받았는가를 생각해 보면 마음이 아프다.

엄마는 결혼 전에는 그렇게 반대했지만, 결혼 이후에는 항상 열정적이었던 평소의 모습 그대로 정말 우리 부부를 많이 도와주셨다. 부지런히 우리 집을 드나들며 세 아이를 키워 주셨고, 아이들의 소풍 등 유치원, 학교 행사를 도맡아 따라 다니셨다. 둘째 아들 유치원 행사에 가셨다가 "너희 할머니 멋쟁이다"라는 말을 듣고 신이 나시기도 하고, 손주들을 모두 데리고 수영장에 가서 애들 타는 미끄럼틀을 같이 타다가 얕은 수영장 바닥에 엉덩이를 호되게 부딪혀서 크게 멍이 드는 등 열성적이고 신나게 사는 모습은 여전하셨다.

아버지도 결혼하고 나서는 맏사위와 술을 자주 드시며 그이를 좋아하셨다. 종종 나에게 "오 서방은 참 잘 컸어요. 그렇게 자라기 쉽지 않아요." 하며 맏사위 칭찬을 특유의 이북 억양으로 종종 하셨다. 아버지는 중곡동 마당 넓은 집에 사실 때에는 집에 온갖 종류의 국화꽃을 키우시고, 꽃이 피면 아들딸 집에 꽃 화분을 나누어 주셨다.

서울시립대학교나 창경원에서 여러 가지 국화 종류를 구하여 키우셔서 요즘 국화 전시회에 가 보면 아버지가 키우던 모든 국화를 볼 수 있다.

군자란도 좋아하셔서 분을 갈라 주신 것이 40년이 넘었어도 지금도 나와 우리 여동생은 분갈이를 해 가며 키우고 있다.

엄마는 교회에서 권사 생활을 오래 하실 정도로 교회 일에 열심이셨고, 故 김영삼 대통령의 열성 지지자로 정치에도 관심이 많아서 당원이 아닌데도 연설회나 전당대회를 열심히 쫓아다니셨다. 나는 한 번도 안 가 봐서 모르겠지만, 연설회는 아무나 갈 수 있어도 체육관에서 하는 전당대회는 당원들만 들어갈 수 있는 것 아닌가? 수완이 좋고 억척스러운 엄마는 무슨 수를 쓰시는지 전당대회도 들어가서 구경하고 오시곤 하였다. 어쩌면 엄마가 너무 늙기 전에 지방자치제가 시작되었다면 엄마가 지방 선거 출마 선언을 하셔서 자식들이 깜짝 놀라며 말리는 해프닝이 벌어졌을지도 모른다.

이렇게 불꽃 같았던 엄마의 열정도 세월이 흐르며 조금씩 사그라들었다. 1993년도에 아버지가 82세 되던 해에 돌아가셨다. 그때는 내 나이가 젊은 때라 아버지의 죽음을 슬퍼하면서도 그 연세까지 사셨으면 천수를 누리신 것 아닌가 하는 철없는 생각을 했는데, 엄마는 너무 일찍 돌아가셨다며 비통해하셨다. 나도 시간이 흐르고 나서야 엄마의 그때의 비통함이 이해가 되었다.

엄마는 무릎이 좋지 않아 거동이 조금씩 불편해지셨지만, 어디가 조금만 아프시면 한국에서 그 분야에 유명한 명의분들을 어떻게든 찾아내어 열심히 병원에 쫓아다니셨다. 내가 보기에도 당시에는 조금 오버가 아닌가 싶었는데 엄마는 "내가 알아서 부지런히 병원에 다녀서 지금까지 살아 있지 너희만 믿고 앉아 있었으면 벌써 죽었다"며 당당하게 큰 소리를 치셨다. 내가 나이가 들어 보니 그 또한 백번 지당하신 말씀이셨다.

엄마가 병원에 혼자 가서 입원한 다음에 전화로 호출하는 일도 많았는데, 둘째 아들은 할머니가 입원한 병원에 가서 옛날이야기 듣는 것도 재미가 있었다고 한다. 얘기하시기를 즐기시는 엄마는 보통 얘기를 한번 시작하면 한 시간은 기본이었다. 아파서 끙끙대며 누워 계시다가도 한번 얘기를 시작하면 시간이 흐를수록 신이 나서 엔도르핀이 분비되어 그런지, 겉보기에는 멀쩡한 모습으로 되돌아가는 경우도 많았다. 한 번은 집에서 둘째 아들 내외와 점심 식사를 하는데, 아들이 피자를 배달시키고 나서 연세가 많은 할머니가 피자라는 음식은 아시는지, 드셔 본 적은 있는지 물어보았다. 그러자 엄마는 어이없어하시면서 이북 운산에 사실 때 금광이 있어 외국 사람들이 많이 살았던 터라 이북에서 젊었을 때도 많이 먹어 보았노라고, 가소로워하셨다고 한다. 그러면서 그때만 해도 호랑이가 나올까 무서워서 보통 사람들은 산에 놀러 가는 일이 거의 없었다는 얘기도 하셨다고 하니, 정말 옛날에 피자라는 음식을 드셔 본 셈이다.

엄마는 시간이 흐르면서 병 이외에도 넘어져서 다치는 경우도 여러 번 있었는데, 그럴 때마다 너무너무 속상하였다. 치매 증세가 우울증과 같이 와서 자식들에게 불같이 화를 내는 일도 잦아졌고, 반찬을 싸 들고 부지런히 드나들며 엄마를 극진하게 봉양하던 여동생은 어느 날 갑자기 엄마에게 도둑으로 찍혀서 한동안 시달리기도 했다. 그러다가 마지막 불꽃이 급속하게 사그라들기 시작했다. 엄마는 누워서 거동을 하지 못하게 되시면서 요양병원에 들어가서야 했고, 시간이 더 흐르자 급기야는 자식도 알아보지 못하는 지경이 되었다. 요양병원에 누워서 무기력하게 하루 종일 잠만 자고 있는 엄마를 만나러 다닐 때에는 여기 조용히 누워만 계시는 이 노인이 정말 항상 열정적이고 화끈했던 우리 엄마가 맞나 하는 서글픈 생각이 들었다.

엄마는 2013년, 96세를 일기로 영면에 들어가셨다. 엄마는 비록 소학교도 못 가 보신 분이지만 대학 교육을 받은 우리 4남매 중에 누구도 엄마의 불굴의 의지와 기개를 능가하지 못했다. 엄마는 지금 평생을 사랑하고 따랐던 하느님의 곁에서 젊었을 적의 열정적인 모습으로 계신다고 믿는다.

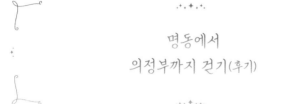

명동에서
의정부까지 걷기(후기)

저의 이야기를 책으로 내기로 결심하고 원고를 완성할 즈음 2020년 6월 초의 어느 날에 집에 찾아온 둘째 아들이 갑자기 작은 오빠와 제가 1950년 한여름에 걸었던 의정부 경찰서와 명동 남산국민학교 사이의 길을 다시 한번 같이 걸어 보자고 합니다. 엄마 얘기를 들으면 당시 9살, 11살의 어린 아이들이 무더위에 먼 거리를 걸으면서 힘이 들었을 것이라는 막연한 생각은 들지만, 구체적으로 얼마나 힘들었을지 감이 오지 않는다며 같이 다시 한번 걸어 보자는 겁니다.

아들이 네이버 지도라는 앱으로 남산초등학교에서 의정부경찰서까지의 거리와 도보로 걸었을 때 예정 소요 시간을 보여 주는데, 거리는 24km이고 시간은 6시간 30분 정도가 걸릴 거라고 합니다. 제가 비록 내일모레면 80이 되는 79세 나이의 할머니지만, 요즘에도 종종 등산을 다니는 터라 그 정도는 충분히 걸을 자신이 있어 혼쾌히 승낙했습니다.

세상이 좋아져서 네이버 지도를 따라서 걸으면 된다고는 하지만, 70년 전에 걸었던 그 길을 찾을 자신이 없어 작은오빠에게 길을 물어보려고 전화를 했습니다. 작은오빠는 전화로 자초지종을 듣더니 대뜸 자기가 길을 안내해 주겠다며 같이 가자고 합니다. 작은오빠는 몇 년 전에 불의의 사고로 한쪽 눈을 실명한 데다가 요즘에는 파킨슨병 증세로 약까지 먹고 있는 형편이라 깜짝 놀라 사양했지만, 작은오빠는 귀농해서 요즘에도 시골에서 하루에 몇 km씩 걸어 다닌다며 그 정도 거리는 아무것도 아니라고 큰 소리를 치며 꼭 같이 가자고 합니다. 작은오빠가 81살, 내가 79살이니 70년 만의 거사입니다. 거기에다 우리 손자는 9살이니 묘한 기분이 들었습니다.

들고 보니 그때의 길을 작은오빠와 같이 걸으면 더 큰 의미가 있을 것 같아서 같이 가자고 약속을 했습니다.

약속의 날은 6월 14일 일요일로 정했습니다. 주간 날씨를 보니 비 예보가 있었지만, 만약 비가 와도 연기하지 않고 우산을 쓰고 걷기로 했습니다. 약속의 날이 다가오며 작은오빠와의 즐거운 계획을 가족들에게 얘기하자, 양가에서는 난리가 났습니다. 우리 집에서 그이는 "자기들이 무슨 20대인 줄 아느냐"며 화를 버럭 내며 가지 말라고 합니다. 작은오빠가 6.25 전쟁 때 겪었던 고생을 가족들에게 얘기를 하지 않았는지, 그 집에서는 더 큰 난리가 났습니다. 전후 사정을 모르는 작은오빠 가족의 입장에서는 몸도 불편한데 밑도 끝도 없이 갑자기 여동생과 80대 초반의 노인네 둘이서 명동에서 의정부까지 걸어가겠다고 하니 가히 치매를 의심할 만한 상황이었습니다. 올케언니는 저에게 전화를 해서 코로나19도 걱정되고 몸도 불편한데 그렇게 먼 거리를 걷다가는 남편이 죽을 수도 있다며 걱정했습니다. 작은오빠의 둘째 아들은 우리 아들에게 전화를 해서 "도대체 이게 무슨 얘기냐?"며 아버지를 어떻게 말려야 할지 모르겠다며 하소연을 했답니다. 우리 아들은 6.25 전쟁 때 작은오빠와 내가 겪었던 일을 얘기하며 자기도 따라가고, 의정부 가는 길에 계속해서 지하철역이 나오니 너무 힘들어 보이시면 중간에 포기하고 같이 귀갓길에 오르겠다고 약속했답니다. 그래도 젊은 사람이 하나 따라간다고 하니 조금은 안심이 되었는지 올케언니와 조카도 마지못해 작은오빠의 계획에 동의해 주었습니다.

6월 14일 전날에는 물과 초콜릿을 배낭에 챙겨 놓고 잠자리에 누웠지만, 마치 소풍날 전날 밤의 어린아이처럼 가슴이 두근거리고 흥분이 되어 잠이 오지 않았습니다. 70년 전에 배고픔과 더위를 참고 의정부와 명동 사이를 걷던 모습도 생각이 나고… 불바다로 변해 버린 의정부에서 여기저기 도망치며 달리던 기억도 떠올라 한참을 뒤척이다가 간신히 잠이 들었습니다.

새벽 5시 10분에 둘째 아들이 손자를 데리고 집으로 왔습니다. 손자는 먼 거리를 걷는다고 하니 처음에는 안 가겠다고 하다가 아빠가 선물을 해 주기로 약속하고 꼬셔서 데려왔다고 합니다. 손자는 만 8년 10개월의 건장한 남자아이로, 태권도 2단의 유단자에 또래보다 키가 훨씬 큰 편입니다. 70년 전에 그 길을 걷던 당시 제 나이가 만으로 8년 4개월 정도였으니 의도치 않게 그 길이 아홉 살의 어린아이에게 얼마나 힘든 여정인지 확인해 볼 수 있는 기회가 된 셈입니다.

지하철을 타고 6시 40분에 명동 남산초등학교에 도착했습니다. 항상 화려하고 활기가 넘치던 명동 거리는 코로나19의 여파 때문인지 사람들의 모습이 거의 보이지 않고, 남산초등학교로 올라가는 길에 있는 호텔은 휴업까지 하고 있어 쓸쓸한 모습입니다. 작은오빠는 약속 시간인 7시가 조금 넘어 남산초등학교로 왔는데, 걱정했던 것과는 달리 다행히 걷는 데에는 지장이 없어 보였습니다. 작은오빠는 우리가 앞에 서서 기다리던 교문을 보더니 당시 학교 입구는 여기가 아니었다고 합니다. 학교 안으로 들어가서 운동장 쪽으로 가니 교문이 하나 더 보였는데, 1950년 당시에는 그쪽이 교문이었다고 합니다. 당시 복순이 언니의 심부름으로 남산국민학교에 오면 인민군들이 학교 운동장에서 훈련을 하고 있었다고 합니다.

남산초등학교 교문 앞에서 기념사진을 찍고 드디어 7시 20분에 출발! 비는 그쳐서 오지 않고 구름이 낀 하늘에 기온은 22도 정도로 기분 좋게 서늘하여 걷기에는 최적의 조건입니다. 작은오빠가 앞장서서 길을 안내하는데, 깜짝 놀랄 정도로 당시 걸었던 길을 정확하게 기억하고 있습니다. 저는 기억이 전혀 없는데 작은오빠는 당시 인민군이 세운상가 근처에서 활동 사진을 찍는다며 사람들을 불러모아 구경을 시키다가 여자들은 내보내고 남자들은 전부 잡아서 인민군으로 끌고 가는 모습을 봤다고 합니다. 시내를 걸으니 충무로역 등 지하철역이 금방금방 나오고, 창경궁도 오랜만에 보고 걷는 속도도 활기가 넘쳤습니다.

출발한 지 2시간 정도가 지난 9시 30분경에 미아리 고개에 도착

했습니다. 미아리 고개는 그때와는 달리 경사가 많이 낮아졌고, 주
변에 건물과 아파트가 많이 들어서서 서울에서 흔히 볼 수 있는 언
덕길의 모습이 되어 있었습니다. 미아리 고개 정상에 오르니 근처
에 고장 난 채 방치되어 있던 인민군 탱크의 모습이 떠올랐고, 우리
나라를 위해 용감하게 싸우다 전사하여 미아리 고개에 쓰러져 계
시던 수많은 젊은 장병들이 생각나며 숙연한 마음이 들었습니다.
복순이 언니의 심부름으로 의정부에서 명동까지 걸어갈 때 미아리
고개 정상에서 느꼈던 배고픔도 새삼스럽게 다시 느껴졌습니다.

　11시경에 지하철 4호선에 위치한 미아역 근처를 걸어가고 있을
즈음에 하늘이 맑게 개면서 햇볕이 내려 쪼이기 시작했습니다. 해
가 나면서 26~27도 정도로 기온이 올라가고 걸은 거리가 10km를
넘어서니 손자는 이제 더 이상 못 걷겠다며 징징대기 시작합니다.
작은오빠와 제가 다리가 아프다며 앉아서 쉬는 모습을 보며 아들
은 이제 어떻게 해야 하나 난감한 표정입니다. 아들은 건강에 좋지
않다고 평소에는 잘 사 주지 않던 탄산 음료를 사 주면서 손자를 격
려하고, 작은오빠에게는 "괜찮으세요?" 하고 묻습니다. 그러면서 자
기는 종주 산행을 여러 번 해서 이 정도의 거리는 아무것도 아닌데,
나이 드신 어머니와 외삼촌이 걱정이라고 합니다.

　11시 40분이 되어 수유역 부근에서 손자가 다시 더 이상은 못 가

겠다며 징징거리자 아들은 자기 아들이 걱정되어서 점심을 먹자고 난리입니다. 작은오빠와 저는 70년 전의 상황을 최대한 비슷하게 재현하고 싶은 마음에 점심도 굶고 계속 걷고 싶었지만… 할머니라는 사람이 어린 손자를 굶겨 가며 계속 걷자고 할 수는 없는 노릇이니 근처에 보이는 갈비집에 들어가서 돼지 갈비와 냉면을 시켰습니다. 6.25 전쟁 체험 행사가 6.25 투어가 된 느낌이고, 작은오빠도 찜찜한 표정이 역력합니다. 상에 푸짐하게 차려진 음식을 보면서 만약 70년 전에 이런 점심을 먹을 수 있다고 했으면 의정부와 명동 사이의 길을 매일이라도 춤을 추며 걸었을 것이라는 생각이 들었습니다.

코로나19 탓인지 넓은 식당에 손님들이 많지 않아 분위기가 한가하여 직접 서빙을 해 주는, 40대로 보이는 여사장님에게 70년 전에 우리 남매가 의정부에서 명동을 걸었던 사연을 얘기하며 오늘 다시 한번 그 길을 걷고 있다고 자랑했습니다. 저의 얘기를 들은 여사장님은 깜짝 놀라는 표정을 짓더니 우리 손자가 그 먼 길을 걷다니 정말 대단하다며 활짝 웃는 얼굴로 칭찬을 합니다. 어…? 물론 아홉 살 아이가 먼 길을 걷는 것도 대단하지만 80대 노인 둘이 그 길을 걷는 것이 더 대단한 것 아닌가요? 아들이 음식값을 계산하며 작은오빠가 파킨슨병까지 앓고 있다고 얘기했건만…. 여사장님은 손자에게 페트병에 얼린 보리차 2병을 건네주며 "파이팅!"까지 외치며 격려해 주었습니다. 우리 손자를 대견하게 여기고 귀여워해 주는 것은 고마웠지만 왠지 섭섭한 느낌이….

배부르게 점심을 먹고 나서 네이버 지도가 안내하는 길을 보니 70년 전에 우리들이 걸었던 길과 달랐습니다. 우리는 그때 산 밑의 길을 따라 지금보다 왼쪽으로 멀리 돌아서 갔는데… 작은오빠가 옛날 길로 가자고 하니 아들이 지금도 힘든데 멀리 돌아서 가면 손자가 완주를 못 하니 그냥 네이버 지도에 나오는 길을 따라가자고 합니다. 작은오빠는 잠시 생각하더니 그러면 그냥 지름길로 가자고 합니다.

다시 걷기 시작하여 40분을 걸으니 성북구에서 도봉구로 진입합니다. 멀리 도봉산도 보이고, 여기만 벗어나면 의정부가 나올 법한데 걸어도 걸어도 도봉구는 도무지 끝나지가 않습니다. 서울 도봉구가 남북으로 무척 길다는 사실을 오늘 처음 알았습니다. 아침에 1시간에 4km씩 걷던 속도는 뚝 떨어졌고 노인과 어린 아들을 걱정하던 둘째 아들은 무슨 영문인지 제일 먼저 다리를 절기 시작합니다.

오후 3시. 아침에 출발한 지 8시간이 지나 드디어 의정부에 진입했습니다. 의정부 외곽에서 시내에 들어가는 곳에 철로와 도로가 갈라지는 곳이 나오는데, 작은오빠 말로는 그곳이 6월 25일 밤 피난길에 엄마를 잃어버린 곳이라고 합니다. 의정부 시내를 걷는데 이제

체력이 다들 떨어져서 100미터가 마치 1km처럼 느껴집니다. 4시 10분경이 되어 결승선을 3km 정도 앞두고 좀 오래 쉬면서 에너지를 재충전하기로 하고, 근처에 보이는 스타벅스로 들어갔습니다. 70년 전의 고생을 그대로 재현한다는 굳은 의지를 보였던 작은오빠도 이제는 지친 기색이 역력해서 아무 말 없이 스타벅스에서의 휴식에 찬성합니다. 시원한 음료와 달콤한 케이크를 먹으며 30분을 앉아서 쉬고 있다 보니 다시 기운이 났습니다.

다시 출발하여 200미터 정도를 걷다가 길에서 앉아 쉬다가 다시 출발하는 식으로 멍한 정신에 계속 걷다 보니 옛날 우리 집 자리가 나왔습니다. 작은오빠 말로는 지금 '삼성 디지털 프라자'라는 큰 건물이 들어서 있는 곳이 70년 전에 우리 식구가 세를 얻어 살던 의정부 집터라고 합니다. 그때와는 달리 완전 번화가로 변해 있었고, 의정부역과는 500미터 정도 떨어져 있는 거리입니다. 작은오빠 말로는 70년 전에는 양주경찰서(현재의 의정부경찰서)가 집 근처에 있었는데, 지금은 이사를 간 것 같다고 합니다.

마지막 힘을 쥐어짜서 걸어 드디어 5시 40분경에 의정부경찰서에 도착했습니다. 아침 7시 20분경에 출발했으니 대략 10시간 20분이 걸린 셈입니다. 작은오빠와 함께 70년 전에 함께 걸었던 그 길을 다시 한번, 또다시 같이 완주하고 나니 가슴이 벅차고 감개무량했습니다. 같이 길을 나서 준 둘째 아들도 고맙고, 징징대면서도 끝까지 포기하지 않고 완주한 손자도 기특하지만… 80대 초반의 나이에 24km를 걸어 완주한 우리 남매는 70년 전에 전쟁터를 떠돌던 어린 남매답게 여전히 용감했습니다. 비록 그때보다 시원한 날씨에, 더 짧은 거리를, 물병을 들고, 맛있는 점심을 먹고, 디저트까지 먹으며 걸었지만 해냈다는 성취감에 가슴이 뿌듯했습니다.

이 모험을 성공하고 나서 친구들을 만나는 날이나 여러 모임에 나가면 명동에서 의정부까지 걸어간 우리 남매의 모험을 자랑스럽게 얘기했는데… 제 나이 또래의 지인들 중에서도 누구 하나 먼 길을 완주한 우리 늙은 남매를 칭찬해 주는 사람이 없었고, 우리 손자가 대단하고 기특하다는 칭찬만 일색이었습니다. 노인들도 칭찬을 받으면 좋아하는데….

이 책을 읽고 혹시라도 우리 남매가 아홉 살, 열한 살의 나이에 6.25 전쟁 당시 겪었던 고생이 어느 정도였는지 궁금한 분이 계신다면 7~8월의 무더운 여름날에 남산초등학교에서 의정부경찰서까지 한번 걸어 보시기를 추천합니다. 해방 이후 어려운 시기를 견뎌 냈던 우리 세대의 고생을 이해하고 어린이들에게는 강인한 정신력도 배양할 수 있는 기회가 되리라 생각합니다.